SOBRE VIVER & SOBREVIVER

A BUSCA DE SENTIDO
DIANTE DA MORTE

SOBRE VIVER & SOBREVIVER

A BUSCA DE SENTIDO DIANTE DA MORTE

DILMA MARQUES

AUTORA DE
Cata-vento – minha rota de cura

PREFÁCIO POR
Dra. Ana Cláudia Quintana Arantes

© Dilma Marques, 2025
Todos os direitos desta edição reservados à Editora Labrador.

Coordenação editorial Pamela J. Oliveira
Assistência editorial Leticia Oliveira, Vanessa Nagayoshi
Direção de arte e projeto gráfico Amanda Chagas
Capa João Schmitt
Diagramação Nalu Rosa
Revisão Ligia Alves
Imagem de capa schame87/stock.adobe.com

Dados Internacionais de Catalogação na Publicação (CIP)
Jéssica de Oliveira Molinari - CRB-8/9852

Marques, Dilma

Sobre viver & sobreviver : a busca de sentido diante da morte
Dilma Marques.
São Paulo : Labrador, 2025.
192 p.

ISBN 978-65-5625-774-7

1. Luto 2. Resiliência 3. Espiritualidade 4. Filosofia I. Título

24-5668	CDD 158.1

Índice para catálogo sistemático:
1. Luto

Labrador

Diretor-geral Daniel Pinsky
Rua Dr. José Elias, 520, sala 1
Alto da Lapa | 05083-030 | São Paulo | SP
contato@editoralabrador.com.br | (11) 3641-7446
editoralabrador.com.br

A reprodução de qualquer parte desta obra é ilegal e configura uma apropriação indevida dos direitos intelectuais e patrimoniais da autora. A editora não é responsável pelo conteúdo deste livro. A autora conhece os fatos narrados, pelos quais é responsável, assim como se responsabiliza pelos juízos emitidos.

Aos meus filhos
Guilherme, Henrique e Frederico;
pedaços de mim.

SUMÁRIO

Prefácio 11
Prólogo 15
Introdução 21

Parte 1 – Sobre Viver
Finitude e tabu 25
Logoterapia: a terapia do sentido da vida 31
Estoicismo: viver conforme a natureza 40

Parte 2 – Sobreviver
Viver o luto, transcender o sofrimento 47
Experiências pessoais de luto 51

Parte 3 – Escolher Viver
Sobre viver de fé 95
Sobre minhas rotas de cura 99
Cata-vento – minha rota de cura 101
Ioga e meditação 106
Pós-graduação em filosofia e autoconhecimento 109
Clubes de leitura e comunidade gente boa 113
Rock na pedreira 126
Canto 134
Peregrinação 138

Parte 4 – Seguir...
Sobre o que restou de nós quatro 151
Sobre como lidar com uma pessoa enlutada 161
Nem tudo que chega ao fim acaba 168
4 de outubro de 2024: Feliz aniversário, Frederico! 175
Agradecimentos 185
Bibliografia para quem não tem medo de olhar para a morte, nem para a vida 187

"Será que existe alguém
ou algum motivo importante
que justifique a vida
ou pelo menos esse instante?"

("Lágrimas e chuva", Kid Abelha)

PREFÁCIO

por Dra. Ana Cláudia Quintana Arantes

Escrever sobre a vida e a morte é uma forma de encontrar sentido e acolher a realidade da existência. Neste livro, Dilma nos conduz por uma jornada de dor, superação e autoconhecimento, revelando que, mesmo diante das perdas mais dolorosas, é possível escolher uma vida com propósito. A obra aqui é mais do que um relato pessoal; é um convite à reflexão com textos que você não vai ter como não grifar ou até copiar, pois iluminam a possibilidade de encontrar sentido, mesmo na adversidade.

Viktor Frankl, em sua Logoterapia, afirma que, "quando já não somos capazes de mudar uma situação – como uma doença incurável –, somos desafiados a mudar a nós próprios". Essa máxima ecoa ao longo do livro, especialmente na forma como a autora decide enfrentar a morte de seu filho. Assim como Frankl encontrou, nos horrores do campo de concentração, um propósito para viver e sobreviver, a autora transforma sua dor em força para continuar. Ela encontra na escrita, na filosofia e nas práticas de cura caminhos para dar sentido ao luto, mostrando que o sofrimento não precisa ser um obstáculo, mas uma oportunidade de transcendência.

Inspirada pelo espaço estoico e sincero, a autora também se alinha à ideia de que "o destino guia quem o aceita e arrasta quem o recusa". Diante da inevitabilidade da morte, ela opta por aceitar o que não pode ser mudado e encontra na resiliência uma forma de honrar aqueles que partiram. Essa aceitação jamais chega perto da passividade, mas é uma atitude ativa e corajosa de alinhamento com a vida e com o fluxo natural da existência. Como uma navegante serena, a autora não luta contra a correnteza; em vez disso, encontra caminhos para viver com profundidade, aproveitando cada momento e cada relação que a vida ainda lhe oferece.

A obra vai além de uma discussão sobre a finitude, sendo também um testemunho poderoso de amor e presença. Cada página é um anúncio de grandes letras de que, embora não possamos controlar o que nos acontece, temos sempre a liberdade de escolher como reagir. Encontrar sentido na dor, como propõe Frankl, e aceitar serenamente o que não podemos mudar, como ensina Marco Aurélio, são lições fundamentais que a autora nos oferece com generosidade.

Este livro é um guia de alma: um convite para viver de forma consciente e plena, mesmo diante da certeza da morte. A leitura não é apenas sobre sobreviver aos dias difíceis, mas sobre escolher viver com propósito e coragem. Que cada pessoa que decida ler com a atenção do seu coração encontre nas palavras da autora a inspiração necessária para continuar sua própria jornada, com a serenidade de quem entende que viver e morrer fazem parte de um mesmo caminho.

Boa leitura e belas reflexões!

"Por que escrevo?
Porque é preciso!
Partilhada, a dor ao menos
deixa de ser um exílio."

(Denise Fraga citando Simone de
Beauvoir na peça *Eu de você*)

PRÓLOGO

Começo a escrever este livro em 4 de outubro de 2022, aniversário de nascimento do meu filho Frederico. Ele estaria completando vinte e dois anos se não tivesse morrido há quatro, em 5 de novembro de 2018.

Como forma de presenteá-lo e de dar novo significado a esta data, inicio a escrita desta obra que se propõe a falar de vida, igualmente de morte. Mas não se assuste, caro leitor, continue sua leitura, porque falar de morte não irá atraí-la; ao contrário, irá naturalizá-la.

Muitos acham que o oposto de morte é vida. Não! O oposto de morte é nascimento. Vida é o que acontece entre um evento e outro. E, como hoje é o dia em que se comemora o nascimento dele, achei oportuno iniciar esta escrita que é, também, um (re)nascimento de mim mesma.

Em 5 de novembro de 2018, às 2h30 da madrugada, eu, meu marido, Celso, e meus filhos Guilherme e Henrique entrávamos no leito 2 da UTI Geral para o derradeiro adeus a Frederico após cento e doze dias de sua internação. Naquele momento, morremos um tanto com ele e parte de nós seria sepultada horas depois. O restante, porém, precisava seguir viva por ele e por nós mesmos.

Após nos despedirmos dele e recolhermos o que havia sobrado de nós, saímos do leito aos prantos enquanto toda a UTI chorava, junto, a nossa angústia. Choravam também a dor de ver partir um jovem tão amado. Era um choro de compaixão, mas também de medo e de confusão diante da inevitabilidade da morte. E, ainda que todos soubéssemos que o melhor havia sido feito para salvar a vida de Frederico, restava neles certa sensação de fracasso, de impotência e o reconhecimento da limitação da medicina em dar conta de tudo.

No corredor de paredes gélidas daquela UTI e nos dias seguintes, sobrevivendo à deriva, fui imbuída por um forte impulso de verdadeiramente compreender tudo o que estávamos passando. Precisava sair à procura de sentido para tamanho sofrimento. Assim, naquele momento de agonizante desespero, decidi que buscaria algum caminho; encontraria uma rota que não só me ajudasse a suportar a dor dilacerante de ver partir um filho, mas que também trouxesse forças e entendimentos para mim e para a minha família.

Esse novo caminho, na verdade, já vinha sendo desenhado na minha mente e no meu coração desde o início da internação dele. Uma travessia havia sido iniciada. Fui tateando no escuro e começando a encontrar um feixe de luz. Um ponto de partida. Um rumo.

Uma lufada de ar cheia de propósito soprada por um cata-vento quimérico, representação lúdica de meu filho, impeliu-me a iniciar o percurso escrevendo meu primeiro livro.

Durante os nove meses seguintes à morte dele, gestei *Cata-vento – minha rota de cura* com o mesmo zelo, empenho e amor de uma mãe que carrega uma nova vida. Catarticamente, contei nossa história, tornando o Fefê eterno fora de nós, porque dentro ele já o era.

Poucos dias antes do seu lançamento, que ocorreu em 5 de novembro de 2019 – um ano da morte de Fefê –, eu recebi, por acaso (?), uma postagem sobre uma pós-graduação em Filosofia e Autoconhecimento pela PUCRS. Aquilo me pareceu um bom caminho a se percorrer após dar à luz meu "filho espiritual", o *Cata-vento*. Seria uma possibilidade de continuar essa minha rota de aprendizagem e cura pelos próximos meses, uma forma de tentar buscar respostas para o que me afligia.

Abracei o convite. Penso que, de maneira sutil, algumas respostas até se mostravam, mas as perguntas não paravam de surgir e eu fui, no meu tempo de luto e de luta por sobrevivência, tentando entendê-las e, talvez, respondê-las. A filosofia foi me conduzindo cada vez mais aos escuros de mim e ao autoconhecimento.

Como trabalho de conclusão de curso, eu deveria escrever um artigo científico. A bagagem do curso era ampla demais e eu precisava escolher um tema e delimitá-lo. Naquele momento, a pandemia pelo SARS-CoV-2 (covid-19) já havia se espalhado pelo mundo e estávamos todos aterrorizados. O medo da morte instalara-se em definitivo e isso me pareceu um assunto relevante a se abordar, sem contar que eu estava vivendo um luto muito recente. Falar do que se vive, do que se experiencia na carne, é, em tese, algo um pouco menos difícil, ainda que seja esta uma temática pesada, um tabu. E justamente por ser um tabu, porém algo tão certo, é que decidi escrever sobre a morte. Mas não se fala em morte sem se falar de vida e vice-versa. Assim, escrevi o artigo "A busca de sentido diante da morte".

Por incentivo de muitos que leram o artigo e por achar que poderia contribuir ao compartilhar meus estudos, minhas percepções e vivências com mais pessoas, decidi ampliá-lo e fazer dele este livro.

Em *Sobre Viver & Sobreviver – A busca de sentido diante da morte*, trago uma visão filosófica e pessoal sobre o viver e o morrer. Penso questões relativas à finitude e ao tabu que envolve a morte — a própria ou a de alguém que se ama. No meu caso específico, descrevo minhas vivências, aprendizados e as formas como evoluí diante das experiências de adoecimento e morte do meu pai, da minha mãe, do meu filho caçula e de um dos meus irmãos.

A partir dessas duras experiências, procuro estabelecer um paralelo entre o sofrimento diante da morte e a possibilidade de construção de uma vida com sentido e valor. Assim, reflito sobre o sentido da dor e da nossa capacidade de vivenciá-la e sobrepujá-la pela autotranscendência.

Nesse meu pensar, faço uma relação entre a logoterapia e a filosofia estoica, uma vez que elas preconizam que a vida é um evento factual, que transcorre para toda a humanidade com prazeres e dissabores, sendo a realidade da morte um fato da natureza. Ambas defendem que cabe e é possível a nós, a despeito do sofrimento inevitável, demonstrarmos coragem, tomarmos cabo de nosso destino, responsabilizarmo-nos por ele, desenvolvermos o autocontrole e buscarmos algo que dê sentido à nossa existência.

O contexto sociocultural à época da construção do artigo corroborou meus estudos e trouxe à tona o sentimento de medo de todos nós diante da ameaça constante de morte pela covid-19. Assim, minhas experiências de luto e meus estudos e reflexões acerca da finitude e do sentido da vida me levam à constatação de que, apesar de a concretude da morte destruir, o conceito da morte pode nos salvar, pois, uma vez conscientes da própria morte, perdemos o medo de viver.

É esse o caminho que convido você a percorrer comigo: por estas linhas que, inicialmente, trazem reflexões mais técnicas e contextuais como aquele trabalho acadêmico que uso como base para este relato, mas que vão ganhando subjetividade à medida que eu me mostro, conto o vivido e busco percorrer novas rotas de cura para sobreviver, encontrar sentido de vida e viver em plenitude o que me couber.

Este texto é de minha total autoria, mas as minhas mãos têm sido conduzidas por outras tantas e por muitos saberes. Há anos estudo sobre o tema e, apesar de saber que isso causa a muitos certo estranhamento e desconforto, sigo minha busca incessante por autoconhecimento e autocura. Esse caminho só eu poderei percorrer por mim mesma e acredito que sei como conduzi-lo; ao menos tenho feito do possível o meu melhor.

Trilhar e atravessar as dores da vida me fazem quem sou, e eu gosto bastante dessa pessoa em que me transformei. Isso tem definido, também, minha escrita. Serei coerente com minhas convicções e entendimentos sobre o viver e o morrer e prometo ser leve na forma de transcrevê-los aqui, confie!

Além da filosofia e do autoconhecimento propriamente ditos, as artes de modo geral, especialmente a música e a literatura, têm me inspirado nessa trajetória de sobrevivência e vivência diante da dor de perder os meus maiores amores. Ouvi certa vez que, sem arte, morre-se de realidade. Assim, esses são caminhos que me levam para dentro de mim, onde consigo encontrar forças para viver melhor a dura realidade.

Desse modo, estimado leitor, eu não pretendo romantizar a dor e nem a morte, apenas tento torná-las suportáveis. Desejo que você consiga, também, enxergar alguma beleza nisso tudo que passo a te contar.

PLAYLIST PARA VIVER MINHA ESCRITA

Para acompanhar e viver a leitura, criei uma playlist que pode ser acessada pelo Spotify ou pelo QR code ao lado.

INTRODUÇÃO

A morte é a maior ameaça existencial que qualquer um de nós vai vivenciar. Um mistério inexorável a nos rodear, a nos espreitar. Como lidar com essa ferida mortal que é a finitude da vida? Como encontrar sentido diante da certeza da própria morte ou após a perda física definitiva de alguém que amamos? Como lidar com esse tema tabu de forma natural, sem subterfúgios? Como vivenciar o luto, o sofrimento e encontrar um sentido consistente para continuar a viver de forma construtiva e altruísta?

Desses questionamentos, proponho, como disse, estabelecer um paralelo entre o sofrimento diante da finitude e a construção de uma visão filosófica de sentido e valor a despeito dela. Para tanto, trarei alguns dos principais pensadores e suas teorias acerca do sentido da vida, destacando-se a logoterapia de Viktor Emil Frankl e o estoicismo de Sêneca, Epicteto e Marco Aurélio. A partir dessas teorias, considerarei possíveis atitudes sobre como lidar com a morte e com o luto e, ainda assim, encontrar sentido na existência e dizer sim à vida.

Reforço não se tratar de um estudo aprofundado de filosofia, mas de uma escrita, um pensar e um agir à luz dela. Tampouco se trata de um estudo sistematizado sobre finitude, tabu e luto.

As minhas vivências diante da perda de muitos de meus entes queridos ilustram com realidade as teorias abordadas. A forma como escolhi viver o luto, esse caminho nebuloso e escuro, e conduzir minha vida e a da minha família é a constatação de que é possível encontrar um sentido de vida diante da morte.

A relevância de se abordar tal temática diz respeito à inflexível e única certeza que temos: a de que morreremos e, talvez pior, de que veremos partir muitos daqueles que amamos. Aceitar que a morte é parte da natureza de qualquer ser vivo, falar sobre ela e olhar para o medo que sentimos dela deveria ser tão natural e universal quanto falar da vida, pois ter consciência real da finitude permite reinventar-nos a cada dia e vivermos de modo consciente o momento presente.

Foi olhando de muito perto para a morte e, por conseguinte, para a vida que decidi pensar e escrever sobre questões importantes e significativas: a morte é condição da nossa existência, sabemos disso, e ainda assim ela assombra, o que, compreensivelmente, condiciona o tabu em torno dela; a transitoriedade, porém, pode ser um incentivo para a realização de ações responsáveis, principalmente aquelas relativas à busca de sentido de vida; a vida, potencialmente, carrega uma significação em quaisquer condições, mesmo nas mais adversas, e sobreviver a essas adversidades é encontrar propósito na dor; o sofrimento é natural da humanidade, mas a atitude de como lidar e passar por ele é da nossa inteira responsabilidade; aceitar e enfrentar os eventos naturais da vida, sejam eles negativos ou positivos, com coragem, resiliência e serenidade, nos faz seres virtuosos, capazes de viver de forma digna e consciente, de sobreviver às dores inevitáveis, aprender com elas, seguir adiante, ultrapassar nossos próprios limites e ir além do ordinário.

Além de trazer tais questões vitais, de relatar minhas vivências diante da morte dos meus e de como eu e minha família seguimos vivendo, julgo importante falar sobre como lidar e acolher um enlutado. Assim, ao final deste livro, deixo algumas "sugestões" a partir do que vi, vivi e sinto nesse processo chamado luto. Desejo que façam sentido para você.

Boa leitura, boas reflexões, belas ações!

PARTE 1

Sobre Viver

FINITUDE E TABU

Nascemos, vivemos e, inevitavelmente, morreremos. Esses são, ou deveriam ser, processos naturais para a consciência humana. Celebramos o nascimento, comemoramos os anos de vida que vamos acumulando, mas sentimos angústia e medo da morte e do morrer. Medo, aliás, universal. Poucos são aqueles indivíduos ou aquelas culturas que declaram verdadeiramente não a temer. Menos ainda os que de fato sentem isto, não apenas declaram.

Ao nascer, já enfrentamos a nossa primeira perda: o conforto e a segurança do útero. De modo geral, nossos pais saem da maternidade ou hospital pela porta da frente, carregando-nos e exibindo-nos. Quando se morre ou, como preferem dizer os profissionais da saúde, quando se evolui a óbito, em um hospital ou casa de repouso por exemplo, o corpo é coberto e retirado pela porta dos fundos. São dois lados de uma mesma história; a primeira de vida e alegria, a segunda de tristeza e dor.

A morte é quase um evento proibido.

Ainda crianças somos, na maioria dos casos (e das casas), impedidos de conviver com a morte de alguém. Há um silêncio velado, uma privação de se participar de rituais aos quais deveríamos ser apresentados a partir de então a fim de que isto se tornasse um costume para que compreendêssemos desde muito cedo que a morte faz parte da vida. Mas ali mesmo, na infância, já apreendemos de forma inconsciente o tabu que envolve a morte. Os adultos, de modo geral, sentem desconforto em explicá-la aos pequenos, que, por sua vez, passam a se calar e a temê-la também, criando normalmente uma construção e repetição de padrões comportamentais quando nos tornamos adultos.

Segundo Yalom (2008, p. 15),

> às vezes, os adultos tentam encontrar palavras reconfortantes, transferir toda a questão para um futuro distante ou aliviar a angústia infantil negando a morte com contos de ressurreição, vida eterna, paraíso e reencontro [...] Normalmente, o medo da morte se torna secreto aproximadamente entre os 6 anos e a puberdade, período em que Freud designou como a época da sexualidade latente. Depois, durante a adolescência, a angústia explode com força [...] conforme os anos passam, preocupações adolescentes com a morte são postas de lado pelas duas principais tarefas do início da maioridade: a busca de uma carreira e a constituição de uma família. Trinta anos depois, quando os filhos saem de casa e os limites da vida profissional começam a surgir, nos defrontamos com a crise da meia-idade, e a angústia da morte mais uma vez explode com muita força. À medida que atingimos o ápice da vida e olhamos o caminho à nossa frente, percebemos que ele não mais ascende, mas se curva para baixo, na direção da decadência e da depreciação. A partir desse ponto, as preocupações com a morte nunca deixam de estar presentes.

Viver preocupado com o morrer impede-nos de desfrutar de uma vida ampla. A consciência da morte, porém, pode servir como uma experiência reveladora, um catalisador extremamente útil para grandes mudanças na vida. Ter ou cultivar essa consciência nos permite viver de modo mais determinado a propiciar mudanças significativas em nosso ser e, consequentemente, em nossa existência. "Somos induzidos a abraçar a nossa responsabilidade humana fundamental de construir uma autêntica vida de compromisso, conectividade, significado e satisfação conosco mesmo" (Yalom, 2008, p. 36).

Ainda assim a finitude assombra. Buscamos subterfúgios para negá-la ou, paradoxalmente, certezas para explicá-la. Mas o desejo por certezas é um aspecto destrutivo do ser humano. É o que faz as pessoas assumirem posições rígidas diante da vida e, dessa forma, desperdiçá-la em busca de explicações daquilo que, ao menos conscientemente, é inexplicável.

Tornar a morte visível, deixar virem reflexões sobre o sentido do morrer, entregar-se aos sobressaltos de sentimentos difíceis, romper o silêncio, esse vazio que reverbera, ter consciência e aceitar a finitude permite a nós nos tornarmos livres para amar e aproveitar a jornada com mais sentido. Afinal, a morte acontece em um único dia; a vida, em todos os outros.

"Quantos morrem naquele que morre?
Uma infinidade de significados
humanos será sepultada
num único corpo.
Era mãe, irmã, amiga, filha...
Todos os papéis que o amor
proporciona foram silenciados
no derradeiro adeus.
A simbiose do amor proporcionará
outra forma de continuidade.
Saudade já é ressurreição.
A fé não nos priva da dor.
Apenas empresta o cobertor que por
ora colocamos sobre o frio da alma.
Para quem fica o mundo
nunca mais será o mesmo.
Uma multidão morreu num corpo só.
E como dói ficar."

(Padre Fábio de Melo, em postagem no
Instagram em 31 de agosto de 2019)

LOGOTERAPIA: A TERAPIA DO SENTIDO DA VIDA

Quando se perde um filho, a pergunta "como encontrar sentido para a vida" é algo perturbador. Difícil tentar entender e aceitar de forma resiliente tamanha dor. Dor que não tem nome, que não tem jeito, que não tem remédio que faça parar de doer! Da mesma forma, é complexo entender o vazio que se abre no peito. Como seguir adiante sem sucumbir ao sofrimento e morrer junto?

Dr. Frankl assegura que é possível encontrar um sentido profícuo para uma vida renovada a partir da crença de que toda e qualquer vida é constituída de sofrimentos e que sobreviver é encontrar sentido na dor. Dar um sentido à vida tecendo por meio de débeis filamentos de uma vida arruinada para construir, com eles, um padrão firme, com sentido e responsabilidade, é o objetivo e o desafio da logoterapia, como escreve Allport no prefácio do livro *Em busca de sentido – Um psicólogo no campo de concentração*, obra (quase anônima) de maior sucesso de Frankl.

Prisioneiro comum de campos de concentração nazista por aproximadamente quatro anos, o neuropsiquiatra e psicoterapeuta austríaco Viktor Emil Frankl (1905-1997) viveu na pele o extremo do sofrimento e viu-se reduzido, literalmente, à existência nua e crua. Roubado de toda e qualquer dignidade humana e exposto a uma verdadeira tortura psicológica, Frankl fez um pacto de sobrevivência consigo mesmo sob o firme propósito de reencontrar seus familiares, também prisioneiros, bem como de reescrever seu manuscrito científico que lhe fora subtraído sarcástica e brutalmente no início de sua prisão, já na fase de "desinfecção", como ele próprio relata.

Isso se tornou o motivo principal de sua luta pela sobrevivência, ainda que miserável. As palavras de Nietzsche, "quem tem por que viver aguenta quase todo como", corroboram a atitude de Frankl, que, imbuído de um propósito maior, vivendo uma experiência extrema, transcendeu-se, sobreviveu aos horrores dos campos de concentração e presenteou a humanidade com a sua tese: a logoterapia, versão da moderna análise existencial.

Psicoterapia centrada no sentido da vida, a logoterapia (*logos*, do grego, sentido) concentra-se justamente na essência da existência humana, bem como na busca da pessoa por essa significação, sua primeira e principal força motivadora. Tal sentido, portanto, é exclusivo, específico e incondicional. Exclusivo e específico uma vez que deve e pode ser cumprido somente por aquela determinada pessoa em dado momento. Incondicional por incluir até o sentido potencial do sofrimento inevitável.

A logoterapia busca reorientar a pessoa para tal fim, torná-la consciente dele, para que esta seja capaz de superar seus conflitos existenciais. Ela propõe uma reviravolta na pergunta que comumente se faz, principalmente quando algo de ruim se apresenta a nós: que sentido tem viver? Segundo Frankl (2019, p. 101-102), que desde muito jovem já se fazia essa pergunta,

> precisamos aprender e também ensinar às pessoas em desespero que a rigor nunca e jamais importa o que nós ainda temos a esperar da vida, mas sim exclusivamente o que a vida espera de nós [...] em última análise, viver não significa outra coisa se não arcar com a responsabilidade de responder adequadamente às perguntas da vida, pelo cumprimento das tarefas colocadas pela vida a cada indivíduo, pelo cumprimento da exigência do momento.

Pergunta similar advém dessa análise existencialista: o que fazer com o que a vida faz de nós? Diante da ameaça de morte ou diante da morte de alguém que amamos, tais questões surgem inflexíveis tamanho o sofrimento que a vivência provoca. E é nesses momentos de extremo sofrimento que a vida espera de nós uma atitude, principalmente aquela de trazermos para nós a responsabilidade de arcar com a tarefa, única, original e intransferível, de assumir nosso destino, demonstrando grandeza interior perante ela.

Pois bem, o sofrimento é marca da nossa humanidade, e ele é inevitável. Tomar cabo do nosso destino e configurar sentido à nossa existência é mister. Mas qual o sentido do sofrimento, afinal? Diante de uma tragédia pessoal, por exemplo a morte de um filho, como relato aqui, ou do diagnóstico de uma doença rara, como converter esse sofrimento em uma conquista humana? Frankl responde que, diante dos desafios que a vida nos impõe, somos instados a mudar a nós próprios e a buscar motivos para seguir.

Viver para honrar a história daquele filho que se foi, para amparar outros filhos que dependem de nós, para realizar um trabalho original e pessoalíssimo ou um projeto de vida a ser conquistado a despeito das perdas ou da ameaça de morte por uma doença incurável, por exemplo, podem ser grandes motivos para continuar. No caso dele próprio, para reescrever o manuscrito perdido, seu "filho espiritual", que ele obstinadamente objetivava publicar. Assim ele nos ensina:

> Não devemos esquecer nunca que também podemos encontrar sentido na vida quando nos confrontamos com uma situação sem esperança, quando enfrentamos uma fatalidade que não pode ser mudada. Porque o que importa, então, é dar testemunho do potencial especificamente humano no que ele tem de mais elevado e que consiste em transformar uma tragédia pessoal num triunfo, em converter nosso sofrimento numa conquista humana. (Frankl, 2019, p. 136)

Naquela madrugada do dia 5 de novembro de 2018, após nos despedirmos de Frederico e sairmos da UTI apoiando-nos para suportarmos tamanha angústia e desespero, assim como nos dias seguintes, eu decidi, como já relatei, que assumiria o nosso destino e que buscaria elementos para continuar sem o nosso menino. A decisão foi tomada e parecia maior que eu. A forma como fazê-la, no entanto, eu buscaria encontrar posteriormente.

Sabíamos que seria um longo e árduo caminho a se percorrer, mas não sucumbiríamos porque havíamos decidido dizer sim à vida ainda que o momento fosse sobre morte. Desse modo, a nossa primeira atitude perante a existência foi a de que sobreviveríamos e honraríamos a vida dele vivendo, minimamente bem, as nossas próprias. Eu disse aos meus, no dia seguinte ao sepultamento de Frederico, que este seria o desejo dele para cada um nós caso fosse ele a chorar a nossa morte. Todos concordamos que assim seria e que nos ajudaríamos mutuamente. Também, que buscaríamos ajuda médica, psicológica, de medicações caso não conseguíssemos sozinhos. Assim foi. Assim tem sido.

"Quando já não somos capazes de mudar uma situação – podemos pensar numa doença incurável, como um câncer que não se pode mais operar – somos desafiados a mudar a nós próprios" (Frankl, 2019, p. 137). Aqui reside o valor atitudinal defendido por ele, qual seja: o ser humano carrega dentro de si ambas as potencialidades – entregar-se ou lutar; qual atitude será concretizada depende de decisões e não de condições.

Frankl decidiu pela vida ainda que as condições psicológicas nos campos de concentração corroborassem, quase sempre, para o suicídio, a julgar pela situação extremamente precária, sem saída e com perigo de morte iminente. Ele relata que fez a si mesmo a promessa, uma mão apertando a outra, de não "ir para o fio" – expressão corrente no campo, que designava o método usual de suicídio (tocar no arame farpado, eletrificado em alta-tensão). Esse evento ocorreu no início de sua prisão e desde então ele demonstrou sua atitude de "dizer sim à vida" a despeito das condições extremamente desumanas do ambiente.

As atitudes estão ligadas à capacidade do ser humano de mudar o ambiente externo quando possível ou mudar a si próprio quando não há possibilidade de mudar o ambiente externo, diante dos elementos da tríade trágica – a tríade dos aspectos da existência humana, assim definidos pela logoterapia: dor, culpa e morte. Esses três elementos fazem parte de todo o processo de vida de um ser humano e definem o que Frankl chama de "otimismo trágico", assim dizendo, a pessoa é e permanece otimista apesar deles. Ele, no entanto, lembra-nos de que o otimismo não pode ser resultado de ordens ou determinações. Tampouco a pessoa pode forçar-se a ser otimista indiscriminadamente, contra todas as probabilidades e contra toda esperança.

Frankl defende que a dor pode transformar o sofrimento em conquista e realização pessoal, a culpa traz possibilidades de mudar a si mesmo para melhor e a morte, por sua vez, pode ser um incentivo para realizar ações responsáveis.

Por mais que não gostemos desses elementos, eles vão acontecer em nossas vidas em algum momento e em níveis de intensidade diferentes, com exceção da morte, obviamente. Tais elementos só carregam algum sentido se forem capazes de transformar-nos em pessoas mais empáticas, sensíveis e corajosas. Logo, capazes de concretizar possíveis sentidos a partir de experiências vividas.

Outro conceito-chave em logoterapia é o da autotranscendência. Segundo Frankl, encontrar-se diante de condições aparentemente sem sentido, sem esperança, diante de uma tragédia pessoal, diante da ameaça de morte ou de qualquer tipo de perda e, ainda assim, decidir pela vida é autotranscender-se. É ultrapassar o sofrimento, mudar a si mesmo e dirigir sua vontade de sentido – aquela motivação primária, a verdade interior, a essência que se faz presente – para realizar algo fora de si, e, uma vez realizado, isso dá sentido à vida.

Assim, exercitar a capacidade de elevar-se acima de si mesmo quando se é desafiado é uma forma honrosa de fazer jus à própria vida. Olhar para o sofrimento, ter coragem de enfrentá-lo e fazer desse sofrimento inevitável um exercício de autotranscendência é ser exemplo de como reagir e agir perante os desafios que nos são impostos.

Desenvolver a autoestima e a inteligência emocional, cultivar a resiliência para reagir às pressões da vida e aos desafios do mundo também são caminhos para conquistar a autotranscendência. É ser capaz de tornar-se um exemplo digno da vida como foi Frankl, que não apenas viveu e sobreviveu a uma experiência extrema, mas contou-a, mostrando-nos, como diria Dostoiévski, que "foi digno de seu tormento". O próprio Frankl defende que "Escrever um livro não é uma grande coisa, saber viver é muito mais e ainda mais é escrever um livro que ensine a viver. Mas o máximo é viver uma vida sobre a qual se possa escrever um livro" (Kroeff, 2014, p. 207).

Frankl soube viver, soube ser digno de seu tormento, escreveu sua história e sua teoria e encontrou sentido de vida ajudando outras pessoas a encontrarem os seus próprios. Esse sentido de vida e de preenchimento do vazio humano que ele encontrou para si ditou a marcha de seu ser e de sua tese, assim como a minha.

Importante destacar que eu não conhecia absolutamente nada sobre a logoterapia até o final de 2020, portanto dois anos após a morte do Frederico e um ano após escrever e lançar *Cata-vento*. À medida que fui assistindo às aulas da pós-graduação sobre a teoria de Frankl, fui vendo a mim mesma nos ensinamentos dele. O que eu havia decidido fazer da minha vida após a morte do meu filho e que, por consequência, influenciou a minha família era justamente o que ele preconizava.

Intuitivamente, eu já vinha trilhando um caminho logoterápico de aprendizado após a morte dos meus pais em 2009 e 2012, como contarei mais adiante, mas no momento da morte de Frederico eu precisava, ainda, de mais chão para os meus pés. A logoterapia chegava na hora certa.

Embora fosse difícil para nós ver algum sentido naquilo tudo que havíamos passado nos últimos meses e vivíamos naquele momento, a decisão de enfrentar o imenso desafio de continuar vivendo (bem) após a morte dele foi um marco decisivo para a nossa sobrevivência. Fomos instados a mudar a nós mesmos para não sucumbirmos à dor.

Seria aceitável, compreensível e usual que eu tivesse cedido ao sofrimento diante de algo inominável, como é viver a morte de um filho. Entregar-me seria mais atraente, mais fácil e teria a validação de uma grande maioria, afinal o momento era de extrema dor. Perder um filho quase que te autoriza a entregar-se por completo ao sofrimento e à depressão. Pode até ser legítimo, mas decidi aceitar o meu destino, e todo o sofrimento decorrente dele, e não seguir pelo caminho da autopiedade. Busquei dentro de mim forças que não supunha ter. Ao buscá-las ou criá-las por extrema necessidade e vontade, encontrei na minha essência o átimo de força de que precisava para seguir vivendo. Era o marco de uma autotranscendência.

Escrever *Cata-vento* não apenas me ajudou a atravessar aquele primeiro ano de luto e elaborar toda a imensa gama de sentimentos que ele provoca como deu sentido à minha vida, à vida da minha família e à vida de tantas pessoas que ainda hoje me abordam dizendo o quanto meu relato as tem ajudado a atravessar momentos desafiadores, não necessariamente pela morte de alguém.

A escrita possibilita-nos traduzir a dor e o sofrimento da área mental e emocional para o concreto, ainda que limitante, meio da linguagem. A palavra ajuda a elaborar sentimentos. Escrever sobre fatos como os que transcrevo aqui é um exercício árduo que permite uma exegese curadora da alma. Não digo ser um processo fácil, mas possível e altamente curativo e libertador.

Ainda que o conceito de Dostoiévski pareça estranho, posso dizer que me tornei digna do meu tormento porque, inerentes ao meu sofrimento, houve inúmeras conquistas interiores, dentre elas a de trilhar uma vida sobre a qual posso dar testemunho.

Quando encontramos sentido em nossa vida, somos transformados e nos colocamos, como Frankl, em outra marcha existencial. Criar um trabalho ou praticar um ato social, experimentar algo novo ou encontrar alguém pelo amor e decidir pela atitude que se toma em relação ao sofrimento inevitável são formas de encontrar esse sentido.

Conheço várias pessoas que, após perderem entes queridos, buscaram fazer isso realizando atos sociais. Deram sequência a uma ação que aquele que partiu realizava ou criaram outras. Uma delas, tendo perdido sua filha de apenas dez anos, passou a fazer campanhas para arrecadar mochilas e objetos escolares para crianças carentes, dando à ação o nome da filha. O sorriso no rosto das crianças foi a forma que ela encontrou de sobreviver e perpetuar o sorriso da própria filha. Outra, prima minha, tendo perdido o marido para a covid, criou um projeto de ajuda alimentar a comunidades carentes. Ela e as filhas seguiram, em luz e amor, fazendo o que ele próprio fazia. Alimentar pessoas foi a forma que elas encontraram de alimentar a si mesmas de um propósito de vida.

A logoterapia nos ensina que experimentar tais atos de bondade e humanidade, retirar-se vez ou outra na natureza, que também é mãe, portanto ensina e acolhe, e viver a cultura (literatura, artes, música), como eu mesma vivo e posso dar o meu testemunho, são apenas algumas formas de dar sentido à vida. Permitir-se viver outro amor sem achar que isso é trair aquele que partiu é, da mesma forma, vivenciar o sentido da vida.

Há também a fé e a espiritualidade, e, ainda que as ideias e concepções da logoterapia não estejam ligadas com a teologia, é praticamente impossível não fazer relação dos conceitos delas quando se trata do tema de busca de sentido e autotranscendência.

A fé concentra uma potência transformadora no sentido de tentar aproximar-nos daquilo que não é tão tangível concretamente como a própria ideia da autotranscendência e a de Deus (ou o nome que se queira dar ao Sagrado). A espiritualidade, por sua vez, nos leva a um espaço interno onde moram a nossa liberdade espiritual, a nossa consciência e a nossa força criadora, capazes de nos impulsionar para além do que nós próprios consideramos sermos capazes de viver e suportar.

Durante aqueles duros e praticamente indizíveis tempos em que esteve prisioneiro, mas em que não se deixou aprisionar, Frankl teve sua dignidade quase totalmente arruinada sob a ameaça constante do extermínio final, pois a cada dia se morria física, psicológica e moralmente um pouco. Passadas as fases iniciais de choque, apatia, nojo, escárnio... por "milhares de felizes coincidências ou milagres divinos", como ele próprio dizia, Frankl continuava vivo, refugiando-se dentro de si, onde habitavam a sua liberdade espiritual e a sua riqueza a despeito da insensibilidade emocional e do desleixo interior que se ia acumulando todos os dias justamente por causa da apatia.

Ele relata que,

> Pela milésima vez, lanças rumo ao sol teu lamento e tua interrogação. Buscas ardentemente uma resposta, queres saber o sentido do teu sofrimento e do teu sacrifício – o sentido da tua morte lenta. Numa revolta última contra o desespero da morte à tua frente, sentes teu espírito irromper por entre o cinzento que te envolve, e nessa revolta derradeira sentes que teu espírito se alça acima deste mundo, desolado e sem sentido, e tuas indagações por um sentido último recebem, por fim, de algum lugar, um vitorioso e regozijante sim. (Frankl, 2019, p. 58)

Um sim para a vida apesar de ela própria parecer lhe dizer um não. E é no dizer sim à vida que a logoterapia se fez. E se faz na medida em que nos ensina que a vida, potencialmente, tem um sentido em quaisquer circunstâncias, mesmo nas mais miseráveis. E isso, por sua vez, pressupõe a capacidade humana de transformar criativamente os aspectos negativos em algo positivo e construtivo, assegura Frankl. Nisso consiste a última liberdade humana – aquela vontade e capacidade de escolher a atitude pessoal que se assume diante de determinado conjunto de circunstâncias. Essa liberdade última também é preconizada pelos antigos estoicos.

ESTOICISMO: VIVER CONFORME A NATUREZA

Zenão de Cítio (335-264 a.C.), na Grécia Antiga, já pensava questões existenciais atuais: a felicidade, a doença e a morte, dentre tantas outras. Segundo a escola filosófica fundada por ele, o Estoicismo, e seguida por Sêneca (4 a.C-65 d.C.), Epicteto (55-135 d.C.) e Marco Aurélio (121-180 d.C.), seus principais representantes, a imperturbabilidade, a extirpação das paixões e a aceitação resignada do destino são as marcas fundamentais do homem sábio (um ideal), o único apto a experimentar a verdadeira felicidade.

Baseado numa ética rigorosa de acordo com as leis da natureza, o estoicismo assegura que o Universo é governado por uma razão universal divina, o chamado *Logos* Divino. Nada acontece sem razão, há um princípio por trás de tudo. Viver conforme a natureza é reconhecer o fato de que somos apenas uma pequena parte de um todo maior, orgânico, modelado por processos maiores que, em última análise, estão fora de nosso controle.

Marco Aurélio, imperador de Roma, já dizia que

> quando se está de acordo com a natureza, o nosso dono interior adota, em relação aos acontecimentos, uma atitude tal que sempre, e com facilidade, pode adaptar-se às possibilidades que lhe são dadas. Não tem predileção por nada predeterminado, mas se lança instintivamente frente ao que lhe é apresentado, com prevenção, e converte em seu favor inclusive o que lhe era obstáculo. (Radice, 2016, p. 247)

Inclusive o sofrimento, característico da nossa condição existencial. Aquele que demonstre resignação diante de alguma situação trágica ou de uma grande aflição, como a doença e/ou a morte, é um indivíduo firme, senhor de si mesmo, inabalável, impassível, austero – aquele que tem um comportamento estoico na desgraça.

Epicteto, um ex-escravizado, assegurava que a doença é um obstáculo ao corpo, mas não à vontade, a menos que a vontade consinta. Ser manco é um obstáculo à perna, mas não à vontade. Diga isso para si mesmo em cada evento que aconteça e você descobrirá que, embora possa criar um obstáculo para alguma parte do seu ser, ser manco ainda assim não pode bloquear a sua vontade.

É dele também a reflexão: nunca diga, de algo "eu perdi", mas sim "eu devolvi". Podemos inferir dessa máxima, ao mesmo tempo lembrando Khalil Gibran, que a posse não está no nosso controle. Aquilo que nos é dado pode também ser tirado. "Vossos filhos não são vossos filhos. São filhos e filhas do anelo da Vida por si mesma. Eles vêm através de vós, e não de vós, e embora estejam junto de vós, não vos pertencem" (Gibran, 2004, p. 43).

Nada nos pertence de fato, tudo nos é emprestado pelo Cosmos. Assim, quando perdemos algo ou alguém, estamos apenas devolvendo. Tudo se transforma, inclusive nós mesmos. Nada surge do nada e nada se perde. Portanto, quando recebemos algo, devemos cuidar bem, mas não como algo nosso. Essa é a essência do desapego estoico que nos previne do sofrimento diante da perda, da morte.

Mesmo sabendo que a posse não está no meu controle, que os "meus" filhos não me pertencem, é fatal sentir a imensurável dor da ruptura pela morte de quem eu amo, principalmente de um filho. Morre-se um tanto com ele. A vida parece perder a cor, o sentido. É preciso uma disposição interna, uma vontade de sentido, para nos reerguer de nosso destino externo e aceitar que viver implica morrer. E, assim, ser capaz de (re)direcionar as emoções para algo que valha a pena (um trabalho, um projeto de vida, a vida de outros filhos), para continuar vivendo, aprendendo e valorizando cada dia com gratidão pela oportunidade do convívio com aquele filho que morreu. Cultivar a gratidão, inclusive, é um dos princípios do estoicismo.

Sêneca (2016, p. 15) afirma que se morre diariamente e que "o sábio deve voltar a ser senhor de sua vida, ele deve parar de aceitar que o tempo seja roubado ou perdido, para isso é preciso aproveitar cada dia como se fosse o último [...] como é tolo programar a existência não sendo dono nem mesmo do amanhã!". O filósofo reflete sobre a imprevisibilidade da morte, sobre enfrentar o inevitável:

> O que posso fazer? A morte me persegue, a vida me escapa. Ensina-me a enfrentar isto. Faz que eu não fuja da morte, que a vida não fuja de mim. Exorta-me a enfrentar as dificuldades, a enfrentar o inevitável. Diminui minhas angústias quanto ao tempo: ensina-me que o bem da vida não está na duração, mas no seu proveito; que pode acontecer – e acontece frequentemente – de ter vivido pouco alguém que teve vida longa. (Sêneca, 2016, p. 42)

Frederico viveu pouco. Completou maioridade já estando em coma, num leito de UTI. Morreu um mês depois. Mas o tempo que ele viveu foi suficiente, ainda que desejássemos profundamente que ele vivesse muito mais. Foi suficiente porque viveu intensamente. Ele foi uma criança adorável, alegre, cheia de vida e entusiasmo. Conquistava quem quer que fosse com seu sorriso largo, seu bom humor. Cresceu, apareceu, dançou, nos amou e foi muito amado. E, ainda que a morte dele nos pareça prematura, somos imensamente gratos pelo tempo de vida dele.

Costumo dizer que eu não trocaria a possibilidade de não sofrer por sua morte pela de não o ter gerado e trazido ao mundo por dezoito anos, um mês e um dia. Ele nos transformou, nos fez pessoas melhores, nos ensinou que amar vale a pena e que não ser visto não significa não estar vivo. Por amor, demos a ele a bênção para seguir o caminho que ele escolhesse e, sussurrando em seus ouvidos, dissemos que aceitaríamos o destino dele. Igualmente o nosso.

Para Sêneca, a aceitação do inevitável é libertação, pois o destino guia quem o aceita e arrasta quem o recusa. Dessa forma, concentrar esforços apenas naquilo que realmente se pode controlar, adequar a vontade à força da natureza, ansiar apenas as coisas que dependem unicamente de nós mesmos, buscar eliminar ao máximo as paixões e não se deixar arrastar pela ira é alcançar a ataraxia – ausência de perturbações ou inquietações da mente, tranquilidade d'alma. Em outras palavras, é alcançar sabedoria, a serenidade que advém desta. A busca da aceitação e enfrentamento de todos os eventos naturais da vida, negativos ou positivos, com serenidade, coragem e resiliência, faz do homem um ser virtuoso.

Ligada à virtude, seu bem maior, está a felicidade. Para os estoicos, a felicidade é encontrada na dominação do homem ante suas paixões, considerada um vício da alma, em detrimento da razão. Portanto, feliz é aquele que compreende pela razão que não se pode alterar eventos do mundo. Concentrar esforços naquilo que realmente se pode controlar, que são os pensamentos, as escolhas e as ações, e concordar com a inevitabilidade da dor e da morte é tomar ação sobre a própria vida, ainda que não seja algo fácil, ainda que isso nos assombre.

Sentir medo é legítimo, mas não devemos ser levados por ele porque ele nos paralisa e nos impede de ver além. Colocá-lo em perspectiva é tomar as rédeas daquilo que podemos – a nossa decisão sobre qual caminho tomar, se o caminho do medo ou o do enfrentamento. Ter coragem de sofrer e optar pelo enfrentamento é decidir pela vida. "É saber que existe uma outra margem do rio e que, por mais intensas que sejam nossas dores, é preciso atravessar as águas espessas do sofrimento e ir além, escolher a vida, prosseguir" (Marques, 2019, p. 12).

Escolher a vida é escolher, como bem nos lembra Frankl, não "ir para o fio", é lutar bravamente, não se fechar na dor, construir uma jornada a partir e apesar dela e buscar sentido na vida a despeito das dores do mundo.

A vida vivida com dignidade, sentido e valor, em todas as suas dimensões, pode aceitar a morte como parte da natureza humana, como parte do tempo vivido, assim, pleno de sentido. Mas as pessoas morrem como viveram. Se nunca viveram com sentido, dificilmente terão a chance de viver a morte com sentido. Sêneca adverte-nos que morrer mais depressa ou mais devagar é assunto irrelevante, já morrer bem ou mal é relevante.

Ora, o que a vida espera de nós é que morramos vivos!

PARTE 2

Sobreviver

VIVER O LUTO, TRANSCENDER O SOFRIMENTO

Adotar e praticar os ensinamentos logoterápicos e estoicos no cotidiano de nossas vidas nos ensina a viver melhor, mas não nos priva da dor. Viver é estar, inevitavelmente, exposto ao sofrer. Jesus já pregava que "No mundo tereis aflições, mas tende bom ânimo. Eu venci o mundo" (João 16:33).

Como é saber sofrer e vencer o (nosso) mundo? Nós só saberemos o tamanho da nossa capacidade de suportar o sofrimento e tentar vencê-lo quando passarmos por ele. Levi ensina-nos que

> ninguém pode saber por quanto tempo, e a quais provas, sua alma resistirá antes de se dobrar ou quebrar. Todo ser humano possui uma reserva de forças cuja medida lhe é desconhecida: pode ser grande, pequena ou nula, e só a adversidade extrema lhe permitirá avaliá-la. (Kroeff, 2014, p. 63)

Todos nós passaremos fatalmente pela experiência de morte ou acompanharemos o processo de morte de alguém que amamos. Pai, mãe, irmão, filho, enfim, alguém que nos é extremamente caro e que sepultará, inevitavelmente, uma parte de nós consigo, mas não poderemos permitir que a outra parte de nós, aquela que restou em "débeis filamentos", também seja enterrada com aquele que se foi.

Se as adversidades e fatalidades nos encontrarão pelo caminho, se o destino de nossas vidas não está sob nosso controle, ao menos a atitude perante ele deve ser de nossa inteira responsabilidade. A esse respeito, também Frankl nos adverte que o que importa é como se suporta o destino logo que nos escapa das mãos. Em outras palavras, quando não é mais possível moldar o destino, então se faz necessário ir ao encontro do destino com a atitude certa.

Viver o luto pela morte daquele que partiu, olhar para a dor, dar nome a ela, exteriorizá-la e ter coragem de sofrer são atitudes certas, ainda que pareçam impossíveis, de enfrentamento perante o destino que por vez nos confronta.

É fato, a dor só passa quando passamos por ela, e para cada um há um tempo de passagem. Sentir é parte dessa marcha gradual de tentar curar-se. Cura é reconfigurar a casa e a vida sem aquele que se foi; é declamar o poema que ele deixou escrito em nós; é plantar um jardim ou uma árvore e dar o nome dele; é cantar bem alto a música de que ele gostava, e dançar, e chorar até a última lágrima, depois reerguer o corpo, a alma adoecida, e sorrir para ele; é escrever um livro sobre ele ou uma carta para ele; é visitar um lugar que ele amava ou conhecer novos lugares por ele; é recolher-se no silêncio e fazer uma prece para ele.

Cura é achar paz dentro de si, é reconhecer que aquele que partiu não está mais sob o nosso campo de visão e no nosso convívio, mas que continua vivo em nós, pois quem vai embora sempre deixa algo naqueles que ficam. É reconhecer que ele nos faz falta, que a dor da sua ausência sangra, mas que ainda assim somos merecedores de uma vida com sentido e valor, inclusive, e principalmente, para que ele se perpetue por meio de nós, por meio de vida íntegra e bem vivida, para que a vida dele próprio não tenha sido em vão.

Lya Luft, escritora gaúcha, certa vez disse que a melhor maneira de homenagear quem se foi é tentar viver de maneira decente. Decente é também honrar-se e "ser digno" do seu próprio sofrimento. É não se fechar nele, mas fazer desse sofrimento e do processo de luto um caminho para ressignificar a vida, um caminho de autoconhecimento e transformação, de despertar da consciência e de autotranscendência.

A capacidade de uma pessoa de recuperar-se do luto não advém de sua habilidade de esquecer a pessoa perdida, mas de construir e reconfigurar seu mundo de modo a incluir e redesenhar o tesouro do passado. E, acaso, não seria no passado o lugar mais seguro para se guardar esse tesouro? A plenitude da vida compartilhada, as experiências abundantemente vividas, as conversas tidas e segredadas, as conquistas celebradas, as imagens de momentos ímpares, o que pensamos, o que padecemos, o amor que sentimos um pelo outro... tudo resta guardado em nós. "Essas experiências podem pertencer ao passado, justamente no passado ficam asseguradas para toda a eternidade! Pois o passado também é uma dimensão do ser, quem sabe, a mais segura" (Frankl, 2019, p. 108). A morte pode mudar o futuro, mas nunca o passado.

Vivenciar o luto e reconstituir-se dele é um processo que exige a transformação do ser – a dor faz com que tenhamos de achar recursos, internos e externos, para readequar a vida quando alguém já não está mais por perto. Em geral e no princípio, ela ocupa todos os espaços, inclusive físicos, depois ela encontra o seu lugar.

Segundo Allport, "A vida é sofrimento, e sobreviver é encontrar sentido na dor. Se há, de algum modo, um propósito na vida, deve havê-lo também na dor e na morte" (Frankl, 2019, p. 7). Desse modo, reconhecer e aceitar o sofrimento é imperativo, assim como se permitir vivenciá-lo para não se tornar vítima dele também o é.

Lutar contra a dor é perder. Ela não existe para ser combatida, mas para ser vivida. A dor é um caminho que precisa ser percorrido.

O luto pede repouso, pede tempo.

É essencial vivê-lo até que ele seja elaborado. A elaboração, por sua vez, é quando o sofrimento se torna menos intenso e a pessoa consegue retomar suas atividades e laços sociais. Elaborar e aceitar não significa esquecer aquele que partiu, não sentir saudades, raiva e momentos de tristeza. Lembre-se: o luto é um árduo e lento trabalho pelo interior de emoções.

A propósito, trago aqui, de forma bastante resumida, as emoções e fases do luto, por morte ou doença, descritas pela psiquiatra suíço-americana Elisabeth Kübler-Ross: negação, raiva, barganha, depressão e aceitação.

Na negação, a pessoa fica em estado de choque e se questiona como é possível continuar vivendo sem aquele que se foi. O mundo torna-se estreito, escuro e doloroso demais.

A raiva, em alguma medida, camufla a dor. A pessoa questiona por que aquela outra teve de partir, sente-se abandonada, culpa Deus. A vida a traiu.

A fase da barganha é quando o enlutado se coloca em um labirinto de sentimentos e quer voltar no tempo para evitar a perda. Questiona médicos, diagnósticos, suas próprias atitudes. É comum sentir-se culpado por algo que fez ou deixou de fazer. A culpa corrói.

A depressão é consequência da dor profunda. É quando se dá conta, de fato, de que aquela pessoa morreu e de que seu sofrimento não terá fim. O vazio se instalou.

A aceitação não significa necessariamente estar bem. Nessa fase, passa-se a entender a nova realidade sem aquele que se foi como algo definitivo. É preciso continuar vivendo a despeito da dor. Para tanto, é necessário renascer todas as manhãs.

Importante dizer que nem toda pessoa passa por elas, ou que passa obrigatoriamente por cada uma e nessa ordem. Além disso, as fases não duram semanas ou meses, elas são respostas a sentimentos, assim, podem durar minutos ou horas. Vivenciá-las faz parte e todas são importantes para o processo de cura.

O discernimento, o amor-próprio, a resiliência, a aceitação e o equilíbrio emocional fazem parte da depuração desse caminho de cura e ajudam-nos a viver uma vida larga, para a frente e para os lados, uma vida com perspectiva e valor.

EXPERIÊNCIAS PESSOAIS DE LUTO

Em 2009 perdi meu pai.
Em 2012 perdi minha mãe.
Em 2018 perdi meu filho.
Em 2022 perdi um de meus oito irmãos.
Ainda não me perdi!

Papai morreu muito jovem. Mas antes ele viveu noventa anos.

E, ainda que ele vivesse cem anos ou mais, sua morte seria prematura.

Papai morreu vivo!

A morte dele roubou parte do meu passado. É como se eu tivesse perdido o meu endereço. Eu olhava para trás e não sabia mais de onde vinha.

José Severino Filho era seu nome de batismo, mas Zé Juca era como o chamavam. Eu o conheci como Papai.

Ele nasceu em 23 de abril de 1919 e se orgulhava de dizer que era do século passado. Morreu em 21 de junho de 2009, portanto dois meses após completar noventa anos.

Casou-se com mamãe em junho de 1950. Ele com trinta e um anos, ela com dezesseis. Em treze anos tiveram nove filhos, eu a caçula.

Iniciaram nossa família lá nos confins de Douradoquara, Minas Gerais, onde já residiam. Construíram juntos e com muita dificuldade uma bela família e, também, uma linda fazenda. Mas, com o passar dos anos e a família numerosa, sem muitas oportunidades de trabalho e estudo, decidiram que nos mudaríamos para a cidade. Ele já com cinquenta e um anos, velho para aquela época, mas visionário, decidiu arriscar tudo o que tinham para comprar um comércio na cidade e dar melhores oportunidades de estudo e trabalho para nós. Ele próprio e mamãe não tinham tido muitas condições, estudaram apenas até o terceiro ano primário. Sabiam quase nada dos livros, mas muito da vida.

Mudamo-nos para a cidade mais próxima. Após cinco anos, perceberam que lá, também, não ofertava opções de trabalho e de estudo suficientes para seus filhos. Assim, em 1976, viemos para Uberlândia e aqui criamos raízes e nossas próprias famílias. Ele dizia que daqui sairia apenas para sua morada última.

Papai tinha uma saúde invejável. Por vezes, seu geriatra dizia que ele deveria dependurar na parede da sala de sua casa os exames médicos para que todos o tivessem como exemplo. Ele ria e se gabava disso. Amava a vida, e a família era seu maior tesouro, dizia. Nós também o amávamos e nos orgulhávamos de sua história de vida, de sua coragem em deixar tudo, em começar vida nova em função do seu amor por nós. Aliás, não havia quem não o admirasse e gostasse dele, não apenas pela pessoa honrada e amável, mas pela trajetória que construiu ao lado de minha mãe.

Ele sempre foi um exemplo. Trabalhou de sol a sol até seus oitenta anos, quando meus irmãos decidiram "demiti-lo" de suas funções na construção civil, uma vez que ele teimava em subir nos telhados das obras. Ele dizia que estava "desempregado" e ria muito disso.

Mas um dia ele adoeceu. A princípio ele precisou fazer uma cirurgia de próstata, e tempos depois teve câncer de bexiga. Do diagnóstico à morte, ele viveu bem por um ano e meio. Desconfiamos de que ele, sábio que era, tinha consciência de seu mal, mas dizia "Deus me livre daquela doença ruim". Ele nunca nos perguntou, tampouco aos médicos, e nós seguimos sem nunca mencionar a palavra câncer. Assim fomos seguindo, respeitando o seu "não querer saber", mas sabendo que ele sabia.

Vivenciar o adoecimento de papai foi nossa primeira experiência com a iminência da morte de alguém tão próximo e tão amado. A princípio, não sabíamos lidar com aquela situação de forma natural, sem subterfúgios, e, mesmo tendo consciência de que ele merecia saber a verdade, não fomos corajosos o suficiente para conversar com ele sobre a doença, sobre medos, sofrimento.

Quisemos preservá-lo; a nós também.

Papai estava com medo; nós igualmente.

Com o passar do tempo, no entanto, e a despeito do medo que sentíamos, aprendemos a agir e reagir relativamente bem em relação àquele imenso desafio que era ver morrer nosso pai. Eu e minha família olhávamos para o nosso sofrimento, nos acolhíamos, nos sustentávamos e mantínhamos as boas energias em torno dele e de mamãe. Os estoicos diriam que agimos como seres virtuosos, porque buscamos (e conseguimos) enfrentar e aceitar com serenidade e resiliência aquele inevitável fato da vida – a morte.

Exceto quando as infecções urinárias eram muito graves e as dosagens de medicamentos causavam confusões mentais, papai permanecia lúcido e tinha uma memória invejável. Contava seus "causos" para os enfermeiros e vez ou outra convidava-os e aos médicos, também, para irem visitá-lo em casa para tomar um cafezinho com pão de queijo que mamãe prepararia de bom grado. Ele fazia do leito do hospital a sala de estar de sua casa. Muitas histórias e boas prosas aconteceram lá. Lembro-me daqueles períodos com saudade, não com dor.

Aquele tempo foi de muito aprendizado, de muito cuidado e do maior amor possível. Mamãe cuidava dele durante o dia, minha única irmã, Dulce, ajudava na casa, nas compras, nos cuidados com ambos. Eu, trabalhando o dia todo e com três filhos ainda dependentes, tratava de levar papai aos médicos, aos exames e nos cuidados dos finais de semana. Meus irmãos revezavam no acompanhamento noturno para que mamãe pudesse dormir e descansar para as demandas do dia seguinte.

Ele foi uma pessoa gostosa de cuidar. Contava piadinhas, relembrava tempos distantes, contava "causos" dos muitos conterrâneos e compadres lá da roça, ria de si mesmo. A casa estava sempre cheia. Cheia de gente, cheia de cafés e quitandas preparadas por mamãe, cheia de alegria, cheia de vida. Ele amava esse movimento. Amava dar e receber o carinho de seus vinte e sete netos, dos nove filhos, dois genros, sete noras, inúmeros vizinhos, incontáveis amigos. Seu Zé Juca era a alegria em pessoa. Muitas vezes genioso e teimoso, reclamava minha mãe, mas suas qualidades superavam em muito as suas rabugices.

Às vésperas de seu aniversário de noventa anos, celebrado em 23 de abril de 2009, preparamos uma festa surpresa para ele. Precisávamos fazer a lista, convidaríamos quem gostava dele. Não deu certo, a lista continha gente demais. Restringimos para a família, parentes e amigos mais próximos, quase impossível, ainda era gente demais. Ao final, com muito pesar de deixar tantas pessoas fora da lista, escolhemos os absolutamente mais próximos. A parentada de longe veio quase toda. Ninguém poupou esforços para prestigiá-lo e trazer-lhe presentes e abraços demorados.

Era sábado, o dia estava fresco e limpo. Ele foi levado até uma chácara próxima achando que um de meus irmãos, Mauri, estava interessado em adquiri-la. Mas, aos poucos, vendo os conhecidos chegarem, ele foi percebendo que tinha sido pego de surpresa e que aquela festa era para ele. Todos estavam ali única e exclusivamente por ele, para comemorar e celebrar a vida dele, com ele, conosco. Foi uma festa linda, emocionante, inesquecível.

Nos dias seguintes ele permaneceu em êxtase, lembrando de tudo, de todos, agradecendo e dizendo que aquilo parecia um sonho e que toda vez que acordava perguntava a si mesmo se, de fato, não tinha sido um sonho. Tomava cada presente em suas mãos, me perguntava quem havia ofertado aquele agrado a ele e agradecia a Deus pela vida abundante que tinha.

Quase dois meses depois daquele dia memorável, ele teve fortes dores e confusões mentais e precisou ser atendido de urgência. Infecção gravíssima, mas dessa vez não precisaria ficar internado. Hoje, penso que quiseram poupá-lo de uma internação, melhor que permanecesse em casa, porém deveria voltar todos os dias ao Hospital do Câncer para receber os medicamentos intravenosos.

Minha irmã levou-o durante a semana e no sábado, 20 de junho de 2009, eu mesma o levei. Por cerca de uma hora, enquanto ele recebia os medicamentos, eu fiquei ao seu lado perguntando sobre sua infância, sobre seus pais que eu não conheci, sobre seus sonhos, sobre o seu caminhar até quando eu nasci, cresci e me dei conta do mundo, do meu e do dele. Ao término do tratamento, ele se despediu e gentilmente agradeceu os profissionais pelo cuidado. Coloquei-o na cadeira de rodas, subi e desci as rampas do hospital empurrando-o e ameaçando soltá-lo nas descidas. Rimos muito naquela manhã.

A última vez que o vi com (muita) vida foi quando o deixei em casa. Ele entrou caminhando e foi se dirigindo ao banheiro. Parou no corredor, voltou-se para mim e disse que eu deveria ficar para almoçar com ele e mamãe, afinal o almoço já estava pronto.

Eu agradeci dizendo que precisava voltar para casa porque os meninos também me esperavam para almoçar. Ele agradeceu por tê-lo levado ao hospital e sugeriu-me que voltasse no domingo com as crianças. Com os olhos e com um sorriso, eu disse a ele que o amava. Ele sabia!

No domingo de manhã minha irmã e meu cunhado levaram-no para receber os medicamentos. Durante o procedimento ele passou mal e foi levado às pressas para o PS do Hospital de Clínicas, ligado ao Hospital do Câncer. Ele estava tendo parada cardíaca, disse à minha irmã que sentia muita dor e pediu a ela que segurasse suas mãos.

Papai sentiu medo e ter suas mãos amparadas pelas da filha provavelmente lhe deu coragem para viver sua morte.

Hoje, passados tantos anos e tendo eu vivido muitas outras despedidas e, por consequência, aprendido muito, eu teria agido diferente durante o tempo de adoecimento de meu pai. Tentaria, ao menos, conversar com ele sobre a doença que o acometia e sobre seus medos e angústias.

No dia de sua morte, eu desejei muito estar no lugar de minha irmã para segurar nas mãos dele. Naquelas mãos pequenas, grossas e calejadas pela labuta diária de uma vida INTEIRA e que, por diversas vezes, empurraram uma carriola comigo dentro quando eu tinha quatro ou cinco anos lá na nossa fazenda, no quintal da casa da minha infância. Empurrá-lo na cadeira de rodas na manhã anterior foi, de alguma forma, rememorar um tempo inocente, sem dor.

> "Meu Deus,
> Me dá 5 anos,
> Me dá a mão,
> Me cura de ser grande."
>
> (Adélia Prado)

> *"... Aqui está meu rosto verdadeiro,*
> *defronte do crepúsculo que não alcançaste.*
> *Abre o túmulo, e olha-me:*
> *Dize-me qual de nós morreu mais..."*

Mamãe também morreu jovem. Bem mais jovem que meu pai, ela tinha 78 anos.

Foi a mulher mais forte, trabalhadora, determinada e resiliente que conheci na vida. Minha fonte de inspiração, meu porto seguro. A morte dela roubou meu tempo presente, meu colo. Fiquei sem chão. A pessoa que mais cuidava de mim estava morta e eu não sabia quem havia morrido mais, se ela ou nós que ficamos a chorar como crianças. Havíamos perdido o nosso pai e, num curto espaço de tempo, a nossa mãe.

Terezinha de Jesus Severino Marques era seu nome de batismo. Dona Terezinha era como todos a conheciam. Eu a conhecia como Mamãe.

Ela nasceu em 16 de março de 1934.

Ficou viúva após cinquenta e nove anos de casada.

Morreu em 20 de novembro de 2012.

Mas, antes de morrer, ela também viveu muito e nós todos fomos muito felizes por tê-la como nossa mãe, sogra, avó, bisavó. Ela foi, também, o porto seguro do meu pai. Apesar de ela sempre reclamar das teimosias e rabugices dele, de dizer que ele tinha sido um homem genioso, sei que o processo de adoecimento e morte dele impactou-a profundamente. Ver morrer o seu companheiro foi, em alguma medida, vivenciar a morte de uma grande parte de sua própria vida. Ela não falou muito sobre isso após a morte dele, aliás muitas coisas, de uma vida inteira, guardou para si a fim de nos poupar. Não sabíamos ainda, mas haveria um momento futuro em que sua voz seria silenciada em definitivo. Mamãe começou a morrer pela voz.

Ainda criança precisou aprender a ser gente grande, a ter responsabilidades na lida da casa e cuidar dos irmãos mais novos. Ela era uma das mais velhas de doze filhos. Casou-se jovem, teve filhos muito cedo, trabalhou bastante para nos criar. Eu, a caçula de nove, tive grandes privilégios, inclusive o de me dedicar aos estudos sem precisar trabalhar tão cedo quanto meus irmãos. O estudo para minha mãe, que não teve oportunidade de cursar além da terceira série primária, era prioridade e ela via em mim as chances que ela própria não tivera. Estudei e ainda estudo por ela. Hoje, escrevo sobre ela, sobre nós.

Do campo para a cidade precisou aprender novo ofício – um comércio de secos e molhados que ela e papai fundaram com o dinheiro da venda da fazenda. Este continuou sendo o trabalho dela até a aposentadoria. Mamãe tinha jeito para o comércio e soube fazer dos clientes seus grandes amigos. A história dela, igualmente de papai, daria um livro inteiro, mas por ora tentarei descrevê-la em apenas um trecho deste aqui.

Aliás, a vida de qualquer um de nós é interessante e daria um livro. Cada um experimenta suas dualidades: dores e alegrias, medos e coragens, erros e acertos, significâncias e insignificâncias, e isto é motor que faz mover a vida. Ora aperta, ora afrouxa, ora para cima, ora para baixo, ora faz rir, ora faz chorar. "Viver é perigoso", bem diz Guimarães Rosa em seu clássico *Grande Sertão: Veredas*. Mais perigoso ainda é não viver uma história digna de ser lembrada, contada, sem sentido.

Assim foi a vida de minha mãe; digna de ser lembrada e contada, porque ela, na sua humilde sabedoria, resiliência e coragem, fez do ordinário o extraordinário.

Após um ano da morte de meu pai, ela reclamou que estava mordendo na parte interna das bochechas. Parecia ser algo relacionado à prótese dentária que usava. Levei-a a um odontólogo, amigo próximo, que passou a tratar aquele desconforto, mas ele persistia. Aos poucos, mamãe passou a não ter muito controle e se mordia mais.

Sugeri à minha irmã que a levasse a um médico especialista para investigar melhor aquilo. Lembro-me como se fosse hoje, era final de tarde do dia 10 de março de 2011, aniversário do Celso, dia de comemorar e celebrar a vida dele. Dia de alegria. O bolo de aniversário havia sido encomendado por uma amiga que já nos esperava, junto a vários outros amigos, em um barzinho. Quando cheguei em casa havia um recado para que eu ligasse imediatamente para Dulce. A notícia era que deveríamos levá-la, com urgência, a um neurologista. O chão começou a se abrir ali mesmo enquanto eu desligava o telefone; arrepiou-me a certeza de tempos difíceis. Na manhã seguinte consegui agendar a consulta para dali a poucos dias.

Durante a longa consulta com o neurologista, eu e minha irmã fizemos algumas perguntas, mas, aos poucos, fui percebendo que ele se esquivava e não dava respostas claras. Notei que havia algo estranho e parei de perguntar. Mamãe continuou sendo cuidadosamente examinada e outros tantos exames foram solicitados, inclusive ressonância magnética. As investigações seguiriam, disse-nos o médico, e deveríamos voltar assim que os exames estivessem prontos. Ao término da consulta fiquei, propositalmente, para trás enquanto elas saíam do consultório. Dei sinal à minha irmã de que seguisse com mamãe para o carro. O médico, discretamente, pediu-me que aguardasse na recepção enquanto atenderia outro paciente que já o aguardava.

Despedi-me de mamãe e de minha irmã e, apreensiva, voltei para a recepção. Não sei ao certo quantos minutos passei ali, sei apenas que foram dos piores da minha vida. O medo tomou conta de mim e fez tremer meu corpo inteiro. A boca amarga mal conseguia sorver a água que uma mulher ao lado me serviu ao perceber meu estado de aflição. A convicção de tempos difíceis fez doer minha cabeça. Fui chamada de volta ao consultório.

Olhei com olhos de coragem para o médico e disse pressentir que ele já tivesse um diagnóstico e que eu estava disposta a ouvi-lo, por isso teimei em esperar. Ele pediu que me sentasse, afinal eu precisava de apoio para o meu corpo que tremia descontroladamente. A suspeita era de esclerose lateral amiotrófica (ELA), o que foi confirmado após os exames de imagem excluírem quaisquer outras possibilidades, inclusive de tumor cerebral.

Mamãe estava doente. E era grave.

A ELA é uma doença neurodegenerativa que compromete o sistema nervoso motor e, por consequência, as capacidades físicas de locomoção, deglutição, fala, respiração, com óbito frequentemente decorrente de falência respiratória.

Rara, autoimune, crônica, progressiva e limitante, a doença tem características diversas nas formas de apresentação, curso e progressão. Não se entende, ainda, a causa ou causas dessa enfermidade, nem os mecanismos que regem a sua progressão; assim, tratamentos efetivos não são, até o momento, conhecidos. Os medicamentos disponíveis aumentam a sobrevida, mas sem alteração na deterioração funcional, que normalmente é muito rápida. Por ironia, a única capacidade que não é comprometida é a lucidez, ou seja, o paciente assiste às próprias perdas com total consciência da deterioração física, tornando-se um prisioneiro dentro do seu próprio corpo, por assim dizer.

Diagnóstico precoce, informação do diagnóstico com honestidade e sensibilidade, envolvimento do paciente e sua família e um plano de atenção terapêutica positivo são pré-requisitos essenciais para um melhor resultado clínico e fim terapêutico. O tratamento multidisciplinar e os cuidados paliativos podem prolongar a sobrevida e manter melhores aspectos de qualidade de vida.

Assim, com o diagnóstico rápido, ela começou a ser tratada de imediato. Antes, porém, precisei reunir meus irmãos para colocá-los a par do que estava acontecendo e, pior, do que certamente ocorreria com nossa mãe dali em diante.

Saber e dizer a eles que a expectativa de vida dela, segundo estatísticas, seria de um a dois anos no máximo foi, certamente, uma das piores notícias que eu lhes daria. Eu não poderia imaginar, jamais, que anos depois, na madrugada de 5 de novembro de 2018, eu ligaria para lhes dar uma notícia inominável. Mas sobre isto contarei mais adiante.

Senti-me desconfortável em ser a portadora daquelas más notícias, porém a experiência passada com nosso pai havia me fortalecido em alguma medida.

Eu e minha irmã relatamos, sem subterfúgios, tudo o que vimos e ouvimos do médico. Cada um, em absoluto silêncio, recebeu a notícia. Alguns, talvez por medo, quiseram negar a gravidade dos fatos. Outros, cabeças baixas, choravam. Estávamos desolados. Mas todos, em fé e amor, prometemos cuidar de nossa mãe da mesma forma que havíamos cuidado de nosso pai. Não obstante a coragem demonstrada em encarar mais um grande desafio, naquele momento, com olhos de mar, vi morrer mais uma parte de quem éramos.

Morrer faz parte do viver, sabemos, mas ver sofrer aqueles que amamos é angustiante. No entanto, como nos ensina a filosofia estoica, concentrar nossos esforços unicamente naquilo que podemos controlar, que são nossos pensamentos, escolhas e ações, e aceitar a inevitabilidade da dor é tomar ação sobre a própria vida.

Resignados, acolhemos mutuamente a nossa dor. Pressentíamos momentos muito difíceis pela frente, mas não tínhamos noção do que viveríamos de fato. A travessia se mostrava árdua para todos nós. E foi, mas a nossa atitude de enfrentamento do sofrimento inevitável nos sustentou.

Nas próximas consultas e nos meses seguintes, o médico foi conduzindo de forma amorosa e delicada o processo de colocá-la a par do tratamento, dos estágios da doença, das limitações, das possíveis internações.

Mamãe era inteligente e percebeu a gravidade, mas não entendia bem o que estava acontecendo com as suas células neurais. Com amor e respeito ao direito dela de saber o que estava acontecendo, eu lhe mostrei uma imagem do cérebro e da medula no computador e expliquei que os neurônios, um tipo de célula que tem como especialidade receber e conduzir impulsos para as outras células, degeneravam (usei a palavra morrem) antes de chegarem à medula, responsável pelo envio dos comandos para a coordenação motora. Por isso os seus movimentos de deglutição estavam sendo prejudicados e, por consequência, ocorriam as mordidas na parte interna da bochecha. Naquele momento não tive coragem suficiente e, de certa forma, não me achei capaz de adiantar os comprometimentos motores que viriam nos próximos meses, anos, mesmo porque eu tinha fé de que ela, sendo quem era, poderia viver bem com a ELA.

A segunda limitação, e talvez uma das piores, foi que mamãe perdeu a fala muito rapidamente. O avanço da doença foi dos membros superiores para os inferiores, o que é mais raro de acontecer. Nos esforçávamos para entender o que ela dizia, mas foi ficando incompreensível. Ela se impacientava e, por vezes, chorava. Nós estávamos arrasados e, raras vezes, chorávamos com ela. Longe dela, porém, transbordávamos em choro e desespero por vê-la tão vulnerável e por nos sentirmos tão impotentes. A nossa coragem de enfrentamento por vezes não sustentava o choro e nos permitíamos demonstrar nossa tristeza e chorar junto dela e acolher nossas dores.

Sugerimos a ela que se comunicasse por meio da escrita. Meio resistente a princípio, concordou em fazê-lo.

Ainda guardo pedaços de papel com as escritas dela. Em 16 de março, dia do seu aniversário de nascimento, fui até uma caixa de lembranças em busca de um sinal de vida dela, "numa tentativa desesperada de furtar alguma coisa da bagagem da morte dela" (Albom, 1998, p. 60). Além dos papéis e fotos, encontrei a mim mesma na fotografia dela. O meu rosto verdadeiro olhando para ela e ela para mim. Curioso é que enquanto fazia isso, começou a tocar no Spotify, aleatoriamente, uma música que não conhecia – "Minha mãe" – com Gal Gosta e Maria Bethânia.

> Quando eu fico muito triste,
> Eu pego a fotografia da minha mãe
> E aperto bem forte no meu peito.
> Minhas mãos param de tremer
> Segurando a fotografia

E meu coração bate mais forte,
Mas não é mais uma dor que eu sinto.
[...]
Minha mãe me deu a vida e sempre ela me dará a vida...

Recebi a música como um presente e uma lembrança de que ela sempre viverá em mim e eu nela. A plenitude da vida compartilhada e do amor vivido resta guardada em mim.

A deglutição, obviamente, também foi comprometida. Mamãe mal conseguia comer e já estava muito emagrecida apesar de muito bem cuidada.

Naquela época, eu não conhecia absolutamente nada sobre cuidados paliativos, mas hoje vejo o quanto eu, meus irmãos e toda a nossa família usamos deles. Mamãe recebeu absolutamente todos os cuidados multidisciplinares de que dispúnhamos, e os que não tínhamos, buscávamos. Aprendi a aspirar as secreções que se acumulavam em sua boca e garganta. Duas a três vezes ao dia, eu deixava meu trabalho e ia à casa dela para aliviá-la daquele desconforto sufocante. Ela tinha fisioterapeutas, mas eu era a pessoa mais delicada para aspirá-la, segundo ela mesma manifestava. Particularmente, me sentia feliz de poder aliviar parte do seu sofrimento. Para descontrair um pouco a nossa angústia, minha e dela, eu sempre lhe dizia baixinho, como se alguém pudesse nos ouvir (e ouviam), que ela confessasse ser eu, dos nove, a filha predileta dela. A mais carinhosa, a mais dedicada, a mais bonita. Ela ria e acenava com a cabeça que sim. Sei que meus irmãos faziam a mesma coisa. Todos éramos seus filhos prediletos.

Naquela altura, ela só conseguia comer comidas pastosas e já não conseguia beber um copo d'água. Já se imaginou não conseguindo beber um ou meio copo d'água?

Se ver incapaz de comer algo de que se gosta muito pelo resto da vida já é, por si só, uma grande provação, mas não conseguir beber água é impensável. Molhávamos seus lábios e boca com algodão embebido n'água. Essa limitação é uma das piores lembranças que guardo, e quase todas as vezes que bebo um copo d'água me lembro dela e, mental e amorosamente, ofereço a ela.

Hoje, conhecendo a história de Frankl e resguardando as devidas proporções, vejo que mamãe também viveu os horrores de uma prisão. Uma prisão consciente dentro de um corpo limitado a desfrutar a vida que se tinha.

As limitações da ELA são absurdas e inimagináveis, mas mamãe seguia resiliente como sempre. Foi doloroso demais, mas foi bonito ver como ela se abriu àquela sua nova vida e se entregou a cuidados novos. Fomos testemunhas de sua autotranscendência e aquilo nos fortalecia. Ela foi a pessoa mais gostosa de cuidar e todos nós, seus filhos, noras, genros e netos, fomos ajudados por ela mesma. Que fortaleza, que inspiração para nós! Quanta honra a nossa sermos seus descendentes e ter podido cuidar dela como ela havia feito por todos nós. E continuava fazendo mesmo estando tão frágil.

> *"... Quanto tempo passou entre a nossa mútua espera!*
> *Tu, paciente e inutilizada,*
> *cantando as horas que te desfaziam.*
> *Meus olhos repetindo essas tuas horas heroicas,*
> *no brotar e morrer desta última primavera*
> *que te enfeitou..."*

Um ano desde o diagnóstico já havia se passado e ela mesma, praticamente sozinha, cuidava de si. Locomovia-se bem porque seus membros inferiores ainda não apresentavam comprometimentos, mas raramente saía de casa, exceto para as consultas médicas e para caminhadas curtas nos arredores de sua casa. Ela precisava se movimentar, mas nada que comprometesse a musculatura, que, por si só, já vinha sendo comprometida progressivamente.

Numa tarde de sábado, eu era a sua cuidadora e saímos para uma caminhada. Andamos por umas três quadras; eu sempre ao seu lado, apoiando-a somente quando necessário. Em um segundo de distração minha, ela resolveu subir na calçada, bateu com a ponta do pé no meio-fio e caiu de cara no chão. Foi uma das cenas mais difíceis que vi e vivi na vida. Se eu usar todas as palavras disponíveis no dicionário e por mais que eu tente, jamais conseguirei descrever o que senti naquele momento. Enquanto a amparava, o sangue escorrendo pelo seu nariz, eu chorava, pedia desculpas, sentia certa culpa e uma dor extrema de vê-la tão vulnerável. Eu mal conseguia ligar para um de meus irmãos para nos socorrer. Não havia ninguém na rua que pudesse nos ajudar.

Mesmo triste e abatida, foi ela, na verdade, quem me reergueu daquela queda absurda. Ela conseguiu se levantar com a minha ajuda e caminhamos até sua casa. Logo meu irmão Mário chegou e fomos para o hospital. Socorreram-na de imediato e constataram que ela havia quebrado o nariz, mas ponderaram, inclusive com o aval do neurologista que cuidava dela, que seria melhor não a submeter à cirurgia por causa do seu estado já tão comprometido. Permanecemos no hospital por mais algumas horas enquanto ela ficaria sob observação médica. Eu, contendo o choro, também a observava.

A cabeça baixa e o seu silêncio sangravam meu coração que já estava estraçalhado fazia tempo, mas ela, segurando minha mão, me acolheu e me acalmou com um sorriso triste, porém de amor e gratidão. Mamãe agiu da maneira como a logoterapia nos ensina: percebendo que eu estava mais machucada que ela própria, ergueu-se acima de si mesma e me acolheu. Ali estava o seu rosto verdadeiro, ainda que ferido.

Afastei-me por alguns minutos e avisei meus irmãos do ocorrido; pedi desculpas a eles por fazê-la passar por aquilo tudo naquela altura dos acontecimentos. Fui acolhida por todos, afinal isso poderia ter acontecido com qualquer um, me disseram.

Sentir-se culpado é natural do ser humano. Permanecer na culpa, entretanto, é martirizar-se. Eu já estava sofrendo demais.

Naquela noite, depois de voltarmos do hospital e deixá-la aos cuidados daquele meu irmão que havia nos socorrido, voltei para casa arrasada. Contei ao meu marido e meus filhos o que havia acontecido. Nos abraçamos e choramos juntos todas as dores que vínhamos carregando até ali por vê-la passar por aquela agrura. A nossa tristeza transbordava em grossas lágrimas; meus filhos choravam pela avó e por verem a própria mãe tão fragilizada. O choro compartilhado, no entanto, nos aliviou demasiado.

Os dias passaram, mamãe se restabeleceu da queda, seu nariz foi cicatrizando sem maiores problemas, mas acho que eu mesma nunca me recuperei totalmente daquela cena. Carrego uma cicatriz na alma. Não uma cicatriz de culpa, porque não houve culpa, mas uma cicatriz de extrema pena por vê-la caída, sangrando, suscetível. Tento esquecer, assim como de tantas outras dores vividas durante aquele longo e doloroso período. O sofrimento basta a si mesmo, não pode ser arrastado vida afora como correntes presas aos tornozelos.

Sempre soubemos ser filhos cuidadosos e proativos e, ainda que ela estivesse absurdamente frágil e dependente dos nossos cuidados, deixávamos que ela mesma tomasse todas as decisões sobre a sua própria vida, inclusive sobre questões práticas do dia a dia. Ela continuava sendo a mãe, nós os seus filhos. Ninguém assumiu o papel de ninguém.

Em final de março de 2012, ela havia se consultado, por desejo próprio, com um especialista na cidade de Goiânia (GO). Ele confirmou todo o diagnóstico, o tratamento e os procedimentos a que vinha sendo submetida. O médico a convenceu a ser submetida à gastrostomia para receber alimentos e suplementos, uma vez que ela tinha emagrecido muito porque não conseguia se alimentar bem. Ela achava que seria traqueostomizada e eu, uma vez mais, abri o notebook e mostrei-lhe o procedimento a ser realizado. Garanti, olhando em seus olhos, não se tratar de traqueostomia. Ela concordou em fazê-lo apesar de toda a apreensão.

O procedimento foi agendado para o dia 3 de abril de 2012, no Hospital Universitário. Mamãe estava tomada pelo medo e seu corpo tremia. Por sorte, no mesmo momento em que ela estava sendo levada para a sala de procedimento, o professor e coordenador do setor de Gastroenterologia da Universidade Federal de Uberlândia (UFU) à época, um dos muitos clientes que se tornaram amigos dela e da família, estava passando com seus alunos e reconheceu mamãe. A nós também. Voltou-se para minha irmã, e ela, muito apreensiva, não conseguiu sequer lembrar o nome da doença que acometia nossa mãe. Coube a mim dizer-lhe. Ele, rapidamente, entrou na sala, segurou nas mãos de nossa mãe, disse-lhe para não se preocupar porque estaria com ela durante todo o procedimento. Eu e Dulce, agradecidas, olhando através da parede de vidro, vimos nossa mãe se acalmando aos poucos e se entregando aos cuidados. Sabíamos da admiração dela por aquele médico amigo e o quanto confiava nele.

Aquele dia foi um marco em nossas rotinas, pois logo após o procedimento não a deixamos mais só. Precisaríamos cuidar com muito zelo do preparo dos alimentos, da assepsia do acesso para evitar qualquer infecção ou aspiração que comprometesse o pulmão etc. Revezávamos nos cuidados noturnos enquanto minha irmã cuidava dela durante o dia, todos os dias úteis da semana. Nos finais de semana tínhamos uma escala de revezamento.

Há tempos mamãe não fazia mais as deliciosas quitandas mineiras para o sagrado lanche das sextas-feiras à tarde, mas, ainda assim, fazia questão de que minha irmã, tão prendada quanto ela, o preparasse para que todos fôssemos estar em família. Mesmo frágil, ela nos unia e nos conectava. Ainda hoje, passados tantos anos, permanecemos quase como antes, sem a casa de nossa mãe, mas unidos.

As noites, porém, começaram a se tornar mais tensas porque às vezes lhe faltava o ar. Ela manifestou sentir medo de se sufocar e nós, os filhos cuidadores, não percebermos. Assim, passávamos as noites praticamente em claro; ela com medo, nós com atenção plena para lhe dar segurança. Compramos um sininho que ela tocava, fosse dia ou noite, toda vez que precisava de algo ou que tinha algum desconforto. Ela se sentiu mais segura.

Assim fomos atravessando tais dias e noites. Ela doente, nós todos adoecidos de vê-la tão vulnerável, tão limitada, mas tão consciente.

O nosso estado emocional estava absurdamente afetado. Lembro-me bem de que foi naquele período, imediatamente após a colocação da sonda de alimentação nela, que percebi algo diferente em mim. A minha voz estava estranha; por vezes ela tremia, noutras falhava. Marquei uma consulta com um especialista. Naquele dia ele foi mais especialista em me acolher que em cuidar da minha voz. Ela seria tratada (e continua sendo), mas, antes, ele tratou a minha angústia. Disse-lhe, ao sair, que na porta de seu consultório deveria constar, abaixo da inscrição Otorrinolaringologista, a de Terapeuta. Começava ali uma grande amizade. Tempos depois ele voltaria a acolher meu sofrimento, dessa vez no adoecimento do meu filho.

Ouvíamos o sininho até mesmo distantes da casa de mamãe. Nos demos conta de quão adoecidos estávamos e de que talvez fosse o momento de contratar cuidadores para nos ajudar nas noites. No entanto, mesmo reconhecendo nossos limites, ponderamos que ela, já tão fragilizada, se sentiria muito mal de constatar o nosso cansaço. Estávamos em outubro e decidimos nos sustentar mutuamente e retomar a questão após o Natal daquele ano. Até lá pensaríamos numa forma de explicar-lhe a nossa necessidade.

No final de semana dos dias 17 e 18 de novembro de 2012, cuidei dela. No domingo cedo, meu irmão Mauri e sua esposa chegaram para visitá-la e me encontraram extremamente abatida. Também eles se abateram. Eu já havia cuidado dos medicamentos e alimentos, e mamãe dormia. Pedi que cuidassem dela porque eu precisava de um banho. Debaixo do chuveiro, chorei as dores daqueles últimos dois anos. Não entendia bem o que estava acontecendo comigo. Era algo além da dor de vê-la daquela forma tão calada, tão sofrida e, ao mesmo tempo, tão resiliente na sua fé e na sua grandeza de caráter.

Apesar de muito magra e de certa fraqueza, mamãe ainda caminhava, sempre amparada por nós para evitar quedas. Fazia suas necessidades fisiológicas com a ajuda da minha irmã porque a musculatura já estava muito comprometida. Tomava banho com a ajuda de quem quer que estivesse cuidando dela, já nem mais se constrangia se era homem ou mulher a lhe ver nua. Àquela altura, ela havia se despido de corpo e alma. Quase não saía mais do quarto.

Sempre cuidamos para que houvesse alegria e boas energias em torno dela, mas naquele domingo pairou grande tristeza sobre nós. Eu não conseguia me trazer de volta. No final do dia, quando Mário chegou para assumir o plantão, como dizíamos, saí quase que sem me despedir dela e dele. Estava exausta, angustiada e precisava fugir dali o quanto antes porque pressentia algo que não sabia explicar. Cheguei em casa aos prantos e meu marido e filhos ficaram totalmente abalados de me ver tão sofrida. Choramos. Eu só queria fechar os olhos e dormir para esquecer um pouco tudo aquilo.

Passei a segunda-feira muito mal, chorei no trabalho. Meu chefe sugeriu que me afastasse por alguns dias para cuidar de mim. Agradeci e disse a ele que pensaria sobre a proposta, mas que talvez eu devesse guardar aqueles dias para quando ela viesse a precisar mais dos meus cuidados.

No final daquele dia, 19 de novembro, peguei Frederico na escola e ele, apesar de muito cansado, concordou de irmos visitar a vovó. Eu precisava estar com ela, disse-lhe, porque no dia anterior tinha saído sem me despedir e aquilo estava me consumindo.

Ao chegarmos na porta de seu quarto, mamãe estendeu os braços pedindo-lhe um abraço. Fefê estava com doze anos, era o penúltimo neto dela e eles se gostavam muito. Ele, amorosamente, abraçou-a de forma demorada. Talvez sentissem que aquele viria a ser o último abraço. Conversamos um pouco, ela respondendo com gestos e algum sorriso. Não demoramos muito, nos despedimos.

Antes, brinquei com meu irmão que cuidasse bem de mamãe naquela noite porque na noite seguinte seria o meu plantão e eu lhe perguntaria todos os detalhes de como havia sido cuidada. Ele prometeu-nos que seria o melhor plantonista que ela poderia desejar. Rimos um riso triste. Dei um beijo na testa de minha mãe. Segurei firme suas mãos finas entre minhas mãos trêmulas, não conseguia soltá-la, o medo de perdê-la me afogava. Olhei profundamente em seus olhos e pedi sua bênção. Mamãe me abençoou e, assim, nos despedimos. Na verdade, dissemos um até breve, pois jamais nos despediremos direito de alguém. O próximo segundo é mistério e nele pode estar contida a morte.

Às 6h45 da manhã do dia seguinte, 20 de novembro, deixei meus filhos na escola e quando voltava para casa meu telefone tocou. Parei imediatamente o carro porque no visor do celular aparecia o nome daquele meu irmão. Um frio arrepiou meu corpo.

Maurílio me ligava para dizer, com a voz embargada, que nossa mãe havia morrido. Contou-me haverem passado a noite toda em claro, de mãos dadas, orando. E que, pela primeira vez durante aquele longo período, ela precisou ser carregada até o banheiro. Por volta das seis horas sugeriu a ela que tentasse dormir um pouco enquanto prepararia o alimento dela e um café para ele. Passados vinte minutos, quando ele retornou, ela calmamente havia partido ao nascer de sua última primavera.

Pediu-me, também aos demais irmãos, que fôssemos para a casa de mamãe para, juntos, darmos o último adeus a ela.

A nossa "despedida", minha e dela, já tinha ocorrido horas antes quando eu e Fefê fomos vê-la, porque meu coração estava pesado e angustiado em demasia. Ali, porém, no derradeiro adeus, meu coração estava sereno, sem revolta e culpas. Havia muita tristeza em mim, em todos nós, mas, também, certo alívio porque sabíamos que ela poderia vir a sofrer muito mais dali adiante.

Mamãe havia tomado ação sobre a própria vida e, parece-me, que sobre a própria morte.

O rosto dela estava sereno. Sobre o corpo frágil suas mãos, em prece, repousavam. Foi essa a imagem que vi ao lhe pedir a última bênção e dar-lhe meu último beijo.

*"...Posso levar-te ao colo, também,
pois na verdade estás mais leve que uma criança.
E eu, como recordação, te direi:
— Pesaria tanto quanto o coração que tiveste,
o coração que herdei?
Ah, mas que palavras podem os vivos dizer aos mortos?*

E hoje era o teu dia de festa.
Meu presente é buscar-te:
Não para vires comigo:
para te encontrares com os que, antes de mim,
vieste buscar, outrora.
Com menos palavras, apenas.
Com o mesmo número de lágrimas.
Foi lição tua chorar pouco,
para sofrer mais."

(excertos do poema "Elegia", de Cecília Meireles)

> "Oh, pedaço de mim
> Oh, metade arrancada de mim
> Leva o vulto teu
> Que a saudade é o revés de um parto
> A saudade é arrumar o quarto
> Do filho que já morreu."
>
> (Chico Buarque)

Frederico morreu extremamente jovem, dezoito anos apenas. Até hoje não acredito que isso tenha acontecido. Talvez eu jamais acredite, ainda que eu esteja vivendo a morte dele todos os dias e que vá vivê-la pelo resto dos meus dias.

A morte dele roubou totalmente o seu futuro; parecia que o nosso também. Mas nós continuávamos vivos e precisaríamos, de alguma forma, sobreviver ainda que em frangalhos.

Fefê, como foi e é carinhosamente chamado e lembrado, é o caçula de quatro. De quatro porque eu tive um aborto espontâneo no início do meu casamento, mais precisamente em janeiro de 1989.

O luto pela perda gestacional daquele primeiro filho não foi invisível e nem silenciado. Ao contrário, foi olhado, reconhecido e tratado à época. Se, ainda hoje, lembro-me desse filho, trago-o para a história e dou-lhe vida, é porque o reconheço como nosso primogênito. Também porque julgo importante falar desse luto que, infelizmente, é pouco ou nada reconhecido e respeitado.

Guilherme nasceu em 1991 e Henrique em 1995.

Quando eu achava que não teria mais filhos, ainda que desejasse muito, Fefê veio para alegrar completamente os nossos dias.

Ele nasceu em 4 de outubro de 2000 e foi um dos bebês mais lindos, calmos e alegres que todos pudemos conhecer. Do nascimento até ele completar três anos de idade, eu carregava no peito um medo de perdê-lo. Um sentimento inexplicável que não conseguia controlar e que tampouco mencionei com alguém. Com o passar dos anos esse sentimento se dissipou. Às vésperas de seu adoecimento, senti que havia uma nuvem negra pairando sobre mim. Era algo que me lembrava daquele medo de perdê-lo.

Fefê cresceu saudável, alegre, leve. Tinha uma beleza invejável, um sorriso largo e era muito bem-humorado. Não havia quem não gostasse dele e ele, do mesmo modo, gostava de todos indistintamente. A relação dele com Gui e Rique era linda, amorosa, respeitosa. Não me lembro de brigarem, pelo contrário, viviam abraçados. Dançavam, cantavam, divertiam e se curtiam. Fefê adorava deitar no colo dos irmãos, mesmo já com seus quinze anos ou mais, e isso era motivo de admiração de todos que presenciaram o amor deles.

Essas e tantas outras são lembranças que guardo no meu baú de tesouros, mas há dias em que, independentemente de estar ou não pensando nele, eu o sinto presente. É como se as lembranças se materializassem numa energia de vida. E isto, justamente, foi o que me ocorreu agora.

Enquanto escrevo, observo através da vidraça uma chuva fina que veio lavar a natureza; os pássaros estão em festa e o sol dá sinais de que vai se sobrepor. Tirei uma semana de folga para me dedicar a esta escrita e vim, sozinha, para a chácara de uma amiga, distante apenas dez quilômetros de Uberlândia. Este, porém, não é um lugar qualquer. Além da paz, do conforto, da exuberância da natureza que circunda a sede, é espaço de muitas lembranças, alegres e tristes.

Desde que nossos filhos eram pequenos costumamos vir para cá. De certa forma, todos nós ajudamos nossa amiga a construir esse pedaço do paraíso. Foi aqui o último lugar que Fefê visitou.

Uma semana antes, ele tinha tido o primeiro sintoma, uma alucinação. Quatro dias após, uma convulsão. Como já tinha sido atendido, medicado, se sentia relativamente bem e aguardávamos os próximos exames para a semana seguinte, decidimos distraí-lo, tirá-lo de casa para passar a tarde num lugar que ele amava. Local onde ele e os irmãos tomavam banho na cachoeira próxima e de lá desciam de boia pelo pequeno rio que faz curva em frente; onde ele deitava e rolava com os cães e crianças; onde éramos felizes e sabíamos disso.

Mas naquele domingo ele estava triste, parecia outra pessoa. Ficamos a sós, deitados numa espreguiçadeira sob o pé de manga, eu tentando fazê-lo comer alguma coisa. Ele, que amava comer, pouco comeu. Ele, que amava rir e brincar, não ria e nem brincava. Eu, Celso, nossa amiga e os demais, todos amigos nossos, estávamos profundamente entristecidos de vê-lo daquela maneira. Ele mal interagia.

Não nos demoramos. Achamos por bem levá-lo de volta para casa, onde pudesse se sentir mais à vontade. Antes de irmos, ele se despediu de todos e da nossa amiga, a Rosen, como ele gostava de chamá-la. Abraçou-a, disse que a amava e perguntou se ela também o amava. Óbvio que ela o amava! Não conheço quem não amasse Fefê e, ainda hoje, continuam amando, conhecendo-o através de *Cata-vento*. Sei que todos os filhos são preciosos para seus pais e aquele que morreu não se torna melhor ou pior por isso, mas Frederico foi e continua sendo um ser cuja luz e energia nos cura.

Naquela noite ele voltou a convulsionar, amanhecemos no hospital. Após um dia inteiro de investigações, exames, visitas médicas especializadas, ele foi internado na UTI porque nada fazia sentido, os exames não acusavam nada de errado, mas Fefê não melhorava, não acalmava. Ele precisaria receber anticonvulsivantes e ser observado de muito perto. Ali começavam os nossos piores dias. Mas, sobre isso, contarei logo adiante. Por ora, volto àquele momento no nosso pequeno paraíso.

É hábito meu ouvir música enquanto escrevo. Ela me transporta a um lugar de sensibilidade e criatividade. É costume, também, escrever sem uma sequência cronológica dos acontecimentos. Escrevo num dia o que meu coração pede e consegue para aquele dia, e, apesar de vir adiando este momento, hoje, especialmente por estar neste lugar de muitas lembranças, acordei decidida a contar acerca do adoecimento e morte do Frederico. Sobre mais uma experiência de luto, certamente a pior. Escrever dá sentido à minha vida e tem me curado por demais, mas é também a constatação do que vi e vivo e isso ainda dói muito. Com coragem, revisito o passado, tento ressignificá-lo por meio das palavras para tentar seguir enfrentando os desafios a que me propus.

Enquanto escrevo começa a tocar, aleatoriamente e sem que eu a tivesse na minha playlist, uma canção/oração enviada a mim por uma amiga e que eu ouvia quase todos os dias durante o longo período de internação do Fefê, mas que não tinha mais escutado nesses últimos anos. A canção "Um refrão pra sua alma", de Leandro Borges, me sustentou e me ajudou a atravessar aquele deserto. Ela diz o seguinte:

> Se eu pudesse conversar com sua alma eu diria, fique calma, isso logo vai passar. Eu daria um conselho, chore mesmo, e, enquanto chora, aproveita pra orar. Porque quem chora pra Deus é consolado, é bem-aventurado e Deus não desamparará, Ele mesmo enxugará as tuas lágrimas. Então desabafa e deixa Ele te abraçar, oh glória. Calma, calma, não se preocupe, tenha calma. Calma, calma, eu dedico esse refrão pra sua alma.

Não consigo ver esse acontecimento como pura coincidência, mas como uma sincronia, uma sensação de presença. Acredito, por experiência própria, que estamos todos conectados e que, a depender do grau da nossa energia, entrega, aceitação e nível de consciência, a vida nos manda recados. Senti o recado e chorei muito, como ainda não tinha chorado desde que sozinha cheguei aqui, há quatro dias, quando comecei a recordar tempos idos. Não posso e não quero evitar os lugares onde fomos felizes, onde vivíamos como se não houvesse amanhã. Também não posso evitar o transbordamento da minha dor, da minha saudade, da minha humanidade. Elas são reais e precisam ser vividas porque fazem parte de quem me tornei.

Choro controlado, coração de volta ao lugar, mãos menos trêmulas, sigamos...

Frederico cresceu sem nenhum problema de saúde. Estudava e divertia-se com os amigos, ainda que sua preferência fosse estar em família. Era o nosso "grudinho", mesmo já sendo um rapaz. Aos quinze anos, começou a fazer aulas de sapateado e isto foi, segundo ele, a sua melhor escolha de vida. Sentiu-se mais confiante, mais alegre do que já era. Apresentou-se por inúmeras vezes no Teatro Municipal aqui da nossa cidade, ocasiões em que era muito aplaudido e elogiado, porque sapateava lindamente.

Não lhe faltavam sonhos e planos. Queria dedicar-se mais ao sapateado e considerava a possibilidade de estudar medicina veterinária, seu sonho desde criança, até que de repente ele adoeceu gravemente.

Após sua internação, em 16 de julho de 2018, já tendo iniciado o tratamento, ainda no escuro, mas baseado na suspeita de uma doença autoimune, inúmeras investigações se sucederam, inclusive com acompanhamento de uma pesquisadora da UNIFESP e de exames no exterior.

O resultado chegou confirmando a suspeita inicial: encefalite autoimune com anti-NMDA. Doença extremamente rara que pode afetar pessoas de qualquer faixa etária, mas que acomete, sobretudo, crianças e jovens saudáveis. Trata-se de uma inflamação no cérebro decorrente de uma reação do sistema imunológico às células cerebrais, tornando a imunidade baixa. O sistema imune ataca as próprias células cerebrais, prejudicando o seu funcionamento e provocando sintomas como formigamento no corpo, alterações do humor ou da personalidade, dificuldade para falar, alterações da memória, visuais, convulsões ou agitação. Além disso, quando a comunicação entre os neurônios está muito afetada podem surgir também alucinações, delírios ou pensamentos paranoicos.

A causa específica desse tipo de encefalite ainda não é conhecida. Acredita-se que os autoanticorpos possam ser originados após alguns tipos de infecções virais, bacterianas, fúngicas e parasitárias, que podem levar à produção de anticorpos inapropriados. Entretanto, a encefalite autoimune pode surgir como uma das manifestações de um tumor a distância, como o câncer de útero ou de testículo. O tratamento é feito com o uso de corticoides, imunossupressores, plasmaférese, injeções de imunoglobulina e/ou remoção de tumores, se houver.

Pequenos ajustes no tratamento foram sugeridos após a confirmação do diagnóstico. Mais de quarenta dias desde sua internação e Fefê não melhorava. Pelo contrário, as convulsões continuavam. Ele já tinha sido entubado e, na sequência, traqueostomizado. A imunidade baixava com muita frequência por causa dos medicamentos (quimioterápicos), e, com muito esforço, a equipe médica restabelecia seu quadro clínico. Nova dose dos medicamentos era ministrada, quase nunca de 21 em 21 dias, como era necessário, por causa da baixa imunidade. Era uma luta que se travava diariamente para que respondesse ao tratamento, mas ele não respondia.

Fefê permanecia lindo apesar do longo tempo sobre aquele leito. Mesmo inconsciente, eu permanecia ao lado dele durante todo o dia. Celso, na maioria das noites. A UTI havia se tornado a nossa casa, e estar ao lado dele era remédio para nós. Consciente ou não, queríamos que ele se sentisse seguro, que sentisse o nosso amor e cuidado.

As horas, os dias, as semanas, os meses se arrastavam. Quase quatro meses desde a sua entrada na UTI e Fefê não melhorava. Continuávamos com muita esperança de que as últimas doses dos medicamentos pudessem trazer o milagre que ansiávamos, mas a melhora não chegou. Em 29 de outubro daquele ano, uma terça-feira, ao entrar no leito não o reconheci. Sua beleza, serenidade e aspecto jovial haviam desaparecido. Não vi vida nele. Entristeci-me, beijei-o com demora e reconheci que era o momento de ter uma conversa difícil com ele.

Sempre que eu precisava conversar com Fefê sobre questões sérias, os estudos por exemplo, ele baixava a cabeça e começava a chorar. Ao final, eu o abraçava e dizia que tais conversas eram necessárias para seu crescimento pessoal e que se lembrasse do quanto nós desejávamos o seu bem. Naquela manhã, contudo, fui eu quem baixou a cabeça e chorou. Segurei sua mão direita e recostei-a sobre meu coração, pedi-lhe que sentisse o meu amor pulsar, que prestasse atenção ao que eu tinha para lhe dizer. Aquela seria a conversa mais difícil de nossas vidas. Recostei minha mão direita sobre seu peito emagrecido, senti as batidas de seu jovem coração, abaixei-me rente ao seu rosto e, sussurrando, disse-lhe:

— Escuta, Fefê, por diversas vezes eu e papai pedimos a você e aos seus irmãos que pensem muito sobre as suas escolhas de vida, mas dizemos que, independentemente das decisões, vocês sempre terão o nosso apoio incondicional. Hoje, especialmente hoje, preciso lhe dizer que vejo o quanto tem sido difícil para você viver em um corpo adoecido, que luta bravamente para suportar tão longo tratamento. Saiba, meu amor, que terá a nossa aprovação e a nossa bênção para tomar uma decisão de vida, certamente a maior e mais difícil de todas. Você nos conhece, sabe do nosso amor por você e, justamente por isso, compreende que aceitaremos e honraremos as suas escolhas. Confie em você, confie na vida, confie no Sagrado. Você não está só e lhe prometo que jamais estará. O nosso amor é infinito!

Dos meus olhos jorravam grossas lágrimas, as mais doloridas de toda a minha vida. Com elas, fui benzendo meu filho e o libertando do meu amor egoísta. Eu o queria vivo, de qualquer maneira, mas o meu respeito a ele foi maior.

Enquanto chorava e abençoava Fefê, o enfermeiro do dia, Márcio, entrou no leito para algum procedimento. Disse a ele que estava fazendo uma transfusão de amor via mãos. Percebendo o meu sofrimento, ele recostou sua cabeça em meu ombro e chorou comigo. Ficamos ali, nós três, em silêncio, dividindo a dor daquele instante, compartilhando o nosso amor… Isso era tudo o que tínhamos, e era muito!

Na madrugada do dia 5 de novembro de 2018, cento e doze dias após sua internação, um mês após seu aniversário de dezoito anos, uma semana após a dura conversa, Fefê "escolheu" ser livre.

Escolher, talvez, não seja a palavra adequada quando se fala em morrer, mas em viver sim. Naquele dia em que demos ao nosso filho as bênçãos e a permissão de pais, Celso também teve sua conversa com Fê; ele, ainda que inconsciente, permanecia vivo. Se eu o conhecia bem, Fefê permanecia vivo não apenas pelo que a medicina fazia por ele, mas por todos nós, pois tinha muito amor e grandeza de caráter.

Percebendo o nosso amadurecimento, a nossa evolução espiritual decorrente daquele longo período ao seu lado e a nossa aceitação, Fefê escolheu viver livre das prováveis sequelas decorrentes das incontáveis convulsões que sofrera. A cura chegaria para ele no momento de sua morte. Para nós, chegaria posteriormente, porque ele próprio se encarregaria de nos curar, pelo amor.

Hoje, tantos anos desde sua morte, vivemos melhor, ainda numa rota de cura em busca de sentidos de vida. A nossa convicção de que Fefê não merecia viver a qualquer custo, sobre uma cama, sem poder dançar, nos sustenta e nos faz ter fé de que ele segue seu próprio curso, leve e livre, rodopiando como um Cata-Vento.

MENINO CATA-VENTO

Era uma vez uma mãe que engravidou de
tanto dançar na serra lá de cima.
Engoliu o tempo e fez do vento a purpurina.
Ah, essa crescida menina,
bela-mineira-adormecida nas fendas do colo lunar!
Acordada de encantamento, o sol te chamou, já é tempo!
Anda, pega o amor de assento, e toma no colo o teu céu,
seu Menino Cata-Vento.

Era uma vez um Menino,
Cata-Vento, o seu destino.
Do tempo de um instante cantou sua melodia
do vento da eternidade, é a anima dos teus dias,
dias sem fim, orquestra de mil sons.
Quantos sons, mil dons

cabem nos teus pés de vento?
Quantos sóis, quantos nós?
Tanto pó de dor esmagada pelo sapateado da alegria
que pode tudo com a tristeza.

É uma vez. Não era.
É toda vez. Não espera.
O Tempo do Menino Cata-Vento.
Ela se senta sobre o céu do crepúsculo
Da saudade doida, o momento; assento no vento.
Inventa uma poesia
Lamento de uma mãe,
intento de uma dor.

É uma vez. Não era.
O meu Menino é todo dia.
Não espera.
O sentimento de tão forte é rota de cura.
E assim todas as noites faz sol, faz lua, faz saudade
Faz estrela, purpurina, minha cidade.

E o colo da mãe é o palco do menino que dança a aurora boreal.
Ela vê do quarto de anoi-tecer a janela sideral
na teia da liberdade e do tempo
do sorriso de alma leve, o alento
das alegrias e festa, sua cor,
Meu Menino Cata-Vento, teu nome é o próprio amor.

(por Dri Martins)

Marcinho, um dos meus oito irmãos, também jovem, morreu meses antes de completar setenta anos, em 19 de julho de 2022.

O segundo de nove filhos, eu a última. Enquanto ele já era um adulto, eu era a "rapa do tacho", como diziam. Era, também, a sua afilhada de Crisma. A distância de idade entre nós foi, por muito tempo, um fato que nos manteve em estágios e interesses de vida diferentes, mas eu sempre percebi que a vida dele era repleta de desafios. Desconfio, de muitos conflitos internos.

Logo que papai e mamãe decidiram que viríamos morar em Uberlândia, ele, já com vinte e quatro anos e com emprego estável, ficou em Monte Carmelo. Algum tempo depois, por uma situação inesperada, teve de se mudar para outro estado e passar um período distante de nós. Aqueles foram anos muito difíceis para todos, pois ele precisou deixar, aos cuidados de meus pais e de nós, seus irmãos, uma filha recém-nascida.

Tempos depois, ele voltou para trabalhar com Marquinho, nosso irmão mais velho, que morava numa cidade próxima daqui. Lá trabalhou por longos anos, casou-se, teve outros dois filhos e, anos após, separou-se.

Desde muito jovem ele fumava e bebia, e nesse tempo muito mais. Deixou a segurança do trabalho e o conforto da cidade para viver do garimpo de pedras preciosas. Na verdade, ele foi viver "no" e não "do" garimpo, porque lá não conseguiu explorar quase nada. O desleixo com a própria vida o fez cavar um buraco onde, refugiando-se na bebida e no cigarro, "se escondia" e evitava suas fraquezas e seus fantasmas, suponho.

Aquela situação muito nos afetava. Para os meus pais, então, era algo inaceitável, contrariava o que supunham ser um caminho de vida seguro para ele. Todos já trilhávamos uma trajetória estável no trabalho e nos estudos. Ele não.

Finalmente, após um longo período, tendo atingindo o fundo do poço, ele aceitou a mão dos meus pais e dos muitos irmãos. Veio morar em Uberlândia para trabalhar na construção civil, ramo em que alguns de meus irmãos já tinham se estabelecido e onde papai, mesmo com idade mais avançada, teimava em continuar trabalhando. Marcinho passou a ser o braço direito de Mauri e, posteriormente, ocupou um cargo melhor na construtora da família.

Foi a partir daquele tempo que nos tornamos mais próximos. Enquanto o ajudávamos a recomeçar a vida, ele se permitiu receber carinho e cuidados. Recebeu, também, muitas críticas em relação ao vício da bebida; nunca minhas. Eu apenas desejava acolhê-lo, buscando um caminho que me fizesse chegar ao seu coração. Sempre me intrigou o fato de haver algo diferente com aquele meu irmão. Sentia-o muito sofrido, talvez envergonhado, algo que não conseguia compreender, mas que desejava profundamente saber.

Certa vez, em 2019, Marcinho precisou do meu auxílio para ajudá-lo na organização da festa anual de nossa família, que, no ano seguinte, seria de responsabilidade dele. Aproveitei a oportunidade de sua vinda à minha casa para convencê-lo a ir ao médico fazer um checkup e cuidar melhor da saúde, pois a bebida já dava mostras de seus malefícios. Ele já era dependente do álcool, ainda que não admitisse.

Pelo caminho do coração consegui convencê-lo a agendar consulta médica e exames para as semanas seguintes. O fato de eu nunca o ter criticado por causa de suas escolhas de vida nos aproximava. Ele, meu padrinho, era quem confiava em mim e seguia meus direcionamentos. Como nossa mãe já havia morrido, vi-me assumindo um papel maternal e ele, por sua vez, permitiu-se ao cuidado.

Pedi aos filhos dele e a um de meus irmãos, com o qual Marcinho tinha maior liberdade, para me ajudar na tarefa de fazê-lo preocupar-se com a própria saúde; os recentes exames acusaram diabetes. A partir de então, ele passou a se cuidar melhor, inclusive e principalmente durante a pandemia.

Em princípio de 2022, depois de anos de muita labuta, ele finalmente conseguiu concretizar seu velho sonho: o de possuir um apartamento, onde pudesse receber seus filhos, netos, a família e seus amigos, dizia ele. O imóvel era fruto de muito trabalho e economia. Ele próprio, trabalhando na construtora, viu cada ferragem, cada tijolo, cada acabamento ser colocado ali. Estava muito orgulhoso de si, e nós mais ainda.

A sua mudança de residência estava sendo feita, aos poucos. Às vésperas da mudança definitiva, o prenúncio do que estava por vir.

Era madrugada de domingo, dia 3 de julho, e um de seus filhos o viu indo ao banheiro durante toda a madrugada por causa de diarreia e vômitos que, inclusive, apresentavam sangue. Ao amanhecer, muito preocupado, mas não podendo acompanhar o pai ao médico porque precisava retornar à sua cidade de imediato, pediu-lhe que fosse o quanto antes para a Unidade de Atendimento Integrado (UAI) mais próxima. Meu irmão, bastante enfraquecido, não hesitou. Chegando lá e enquanto aguardava atendimento, ligou para uma amiga, que, prontamente, foi acompanhá-lo.

Era hora do almoço, ainda não sabíamos do ocorrido, quando meu sobrinho me ligou pedindo ajuda. Queria que eu fosse até a UAI, pois seu pai precisaria ser acompanhado por alguém da família.

Engoli minha refeição e fui imediatamente.

Marcinho já tinha passado por uma triagem, pelo médico e aguardava, numa salinha lotada de outros pacientes, pelos resultados dos exames colhidos. Observei com satisfação que, apesar da precariedade que muitas vezes o serviço público apresenta, os pacientes estavam muito bem assistidos.

Meu irmão estava sentado, muito abatido, recebendo soro e medicamentos. Assentei-me ao seu lado, segurei em uma de suas mãos, perguntei como ele estava se sentindo e disse que estava ali para acompanhá-lo e cuidar dele. Ele me contou rapidamente o que havia ocorrido e pediu-me que ficasse no corredor, um pouco mais distante, uma vez que todos ali estavam doentes. Ele não queria me ver exposta. Coisa de irmão mais velho!

Do corredor, também lotado de pacientes e acompanhantes, eu não tirava os olhos dele; acenava, sorria, voltava até ele para ajudá-lo a ir ao banheiro vez ou outra. Por mais de duas horas observei seu semblante abatido e entristecido e me perguntava o que se passava em sua cabeça, em seu coração e quais notícias os exames trariam.

Lembrava-me do sentimento que havia tido em relação à espera dos exames do meu pai, depois da minha mãe e, por último, do meu filho. A cada lembrança meu corpo estremecia mais. Estar num ambiente hospitalar ainda era traumático para mim, constatei, mas o momento me exigia coragem.

Por volta das dezessete horas, fomos chamados para avaliação dos exames. O médico, com semblante preocupado, explicou-nos da necessidade de interná-lo para um acompanhamento mais detalhado. Marcinho precisaria passar por uma endoscopia e, internado, ele conseguiria realizá-la pelo SUS com a urgência que o caso demandava. Enquanto o doutor preparava os papéis com pedido de internação e demais exames, meu irmão vomitou, ali mesmo, na nossa frente. O que vi, muito sangue, me entristeceu e me levou a um lugar de extrema preocupação. O médico dirigiu o olhar a mim e perguntou se eu compreendia que a internação era necessária e urgente. Sim, eu compreendia e concordava. Enquanto aguardávamos a vaga no Hospital Municipal, Marcinho passou por mais testes, inclusive de covid, confirmando positivo. Mais um complicador.

Ele abateu-se um tanto mais. Vi medo em seus olhos. Acredito que Marcinho sentiu medo da morte. Compreensível, mas não era momento para conversas difíceis, apesar de necessárias. Após viver as experiências de morte de meus pais e de meu filho, de estudar sobre questões de vida e morte e de fortalecer minha coragem, eu teria abordado temas tabus com meu irmão. Desejei termos tido tempo para muitas conversas. Não sendo possível e querendo fazer mais por ele, ofereci colo aos seus filhos.

Naquela mesma noite, às 19h45, meu irmão dava entrada no Hospital Santa Catarina, anexo do Hospital Municipal de Uberlândia, na Ala Covid, portanto em isolamento. Uma vez mais, segurei suas mãos. Ele estava triste e assustado. Pedi que confiasse na equipe daquele conceituado hospital e em nossas orações. Prometi que estaria vinte e quatro horas à disposição dele e da equipe médica. Olhei em seus olhos e pedi-lhe a bênção, afinal ele era meu padrinho, aquele que ficou responsável por me fazer crescer na vida da graça, fortalecida pelo Divino Espírito Santo.

Nos despedimos...

Desejando fazer jus ao meu papel de afilhada e de irmã (irMãe, como me apelidou meu divertido irmão Mário), assinei os papéis da internação e me coloquei como a responsável por ele. Marcinho ficaria em isolamento, portanto não haveria visitas pelos próximos dias. Fui informada de que receberia, todas as tardes, ligação do médico daquele turno, que me passaria o boletim.

Chegando em casa, avisei todos os meus irmãos do ocorrido. Os filhos já estavam a par da situação do pai. No dia seguinte, à tarde, consegui fazer uma ligação de vídeo com Marcinho e reforcei que estávamos todos torcendo por ele. Se precisasse de algo ou quisesse apenas conversar, que me chamasse por telefone. Ele agradeceu por tudo que eu havia feito até aquele momento. Sorri e lhe mandei um beijo. Ele não sorriu, estava abatido por demais, ainda assim tirei um *print* da tela do meu celular. A última imagem dele.

Naquele mesmo dia, recebi ligação do médico que me confirmou a suspeita: cirrose hepática grave. A vida estava cobrando o preço, disse-me após perguntar se meu irmão bebia muito. Conversamos demoradamente. Ele me explicou os próximos passos, exames, e me deixou à vontade para perguntar o que quisesse. Apesar de saber que meu irmão estava sendo muito bem cuidado, meu coração seguia apertado. E apertou ainda mais quando, na madrugada, meu telefone tocou e vi que era do hospital.

Não era a primeira vez que assistia a esse filme. Aquele mesmo arrepio atravessando meu corpo e fazendo-o tremer, a boca amargando, o coração disparando, lembranças de tempos difíceis... Uma simples ameaça à nossa vida, supostamente ordenada, pode torná-la caótica em segundos. Mas aquela ligação na madrugada não me pareceu uma simples ameaça. Respirando fundo e tentando controlar as emoções, voltei àquele momento.

A médica me disse que Marcinho precisaria ser levado à UTI com urgência para receber cuidados específicos, uma vez que a saturação havia caído muito nas últimas horas, mas que antes eu precisava ser avisada/consultada. Fiz algumas perguntas a ela, agradeci e voltei para a cama. Não dormi mais.

Refleti sobre como as experiências de vida nos fortalecem, mas não nos privam da dor, do medo. Desde o dia anterior, quando vi o semblante do meu irmão, o medo me revisitou. Não sei se pelo estresse pós-traumático, se pelo estado grave em que meu irmão se encontrava ou se, mais uma vez, por pressentimento, mas eu não conseguia ver futuro para ele.

Nesses momentos, nossas certezas e nossa fé são postas à prova. Eu havia evoluído muito vivendo o adoecimento e morte dos meus queridos, e, talvez, por isso conseguia encarar melhor a possibilidade de morte do meu irmão. O medo era real, a tristeza absurda, mas as minhas ações e reações tinham amadurecido. Amadurecer é, em alguma medida, achar um lugar na vida para a tristeza.

Ao amanhecer, liguei para Juliana, a filha mais velha de Marcinho, para repassar as últimas notícias de seu pai. Os dois não tinham conseguido construir uma relação sólida e amorosa durante a vida. Ela, por ter sido deixada desde que nasceu; ele, talvez pelo sentimento de fracasso como pai, não se permitiu ou conseguiu se aproximar dela. Muitas mágoas, ressentimentos e feridas haviam criado um vácuo entre eles. Mas nada como o nascimento de uma criança, filho dela, para reaproximá-los um pouco. Também a doença, a ameaça de morte e o amor, ainda que nunca declarado.

Pedi, se conseguisse, que recebesse as ligações médicas a partir dali. Ela, compreendendo que para mim cada telefonema dispararia um gatilho muito dolorido, disse-me, apesar de ser difícil para ela também, estar disposta a cuidar do pai, mesmo ele nunca tendo cuidado dela. Ela havia compreendido o que meu coração pedia: que a relação entre ambos se desse, não obstante à beira da morte dele; e também por amor a mim e por não querer que eu revivesse os traumas de um passado recente.

Esses momentos de "cuidar" do pai permitiram-lhe elaborar a relação de ambos. Juliana havia compreendido fazia tempo que o pai tinha dado a ela o que fora possível.

Na tarde do dia seguinte, a notícia foi a de que ele havia sido entubado e que os parâmetros estavam muito ruins. Minha sobrinha recebia as ligações e logo me telefonava. Na sequência, fazia uma ligação de vídeo com os dois irmãos que moravam noutras cidades. Eles estavam muito abalados, porém ela, além de irmã mais velha, era psicóloga, e soube conduzir a situação a despeito de suas próprias dores. Um ato de amor ao pai e aos irmãos. Depois, mandava notícias pelo WhatsApp da família.

Os dias foram se arrastando e eu, mesmo conhecendo bem aquela árdua estrada, me angustiava. Em um deles, liguei para um amigo, médico intensivista também daquela unidade anexa, perguntando se, por acaso, ele estava a par do caso do Sr. Márcio dos Santos. Ele disse que sim, mas que não sabia se tratar do meu irmão. Mesmo estando noutra unidade, distante daquela em que Marcinho estava, iria lá pessoalmente avaliá-lo e me retornaria o quanto antes. Meu coração estava por demais aflito e, naquele momento, agradecido. Assim, perguntei-lhe se eu poderia enviar uma mensagem pelo WhatsApp para que lesse para meu irmão. Ele disse-me "pois então faça, mas logo, porque estarei lá em quinze minutos". Na pressa, gravei um áudio.

Ajoelhei-me em frente a um pequeno altar que tenho na sala de minha casa, acendi uma vela ao lado de um porta-retrato que traz a fotografia de papai, mamãe e de seus nove filhos. Um registro do dia em que celebramos os noventa anos de nosso pai.

Olhando para a imagem do meu irmão, disse-lhe:

"Marcinho, sei que você está vivendo, talvez, o momento mais difícil e desafiador de sua vida, mas você tem todas as condições de lidar e de passar por esse momento porque tem fé, coragem e resiliência suficientes para enfrentá-lo. Saiba, você não está só! Todos nós, a sua família e amigos, estamos atravessando juntos e de mãos dadas contigo este longo deserto. Lembre-se do quanto você é amado por seus filhos, irmãos e amigos. Especialmente para mim, sua irmã caçula e afilhada, a que materna todos, sinto-me honrada e privilegiada por acompanhá-lo pessoalmente na UAI, assim como cuidar de você

mesmo a distância. Reconheço o privilégio de termos um amigo como o dr. Cassiano para visitar, cuidar e levar-lhe esta minha mensagem. Sinta, por meio deste áudio, todo o nosso amor, o nosso carinho e o nosso abraço apertado. Desejo a você tudo, absolutamente tudo de bom na vida. Fique em paz. Neste momento, ajoelhada diante do meu altar sagrado, peço a Deus que lhe abençoe porque você é um homem de valor e merece o melhor da vida. Te amo, meu irmão!".

Dr. Cassiano, meu grande amigo, respondeu-me mais tarde que se eu tivesse mandado a mensagem por escrito jamais conseguiria transmitir o amor e a vibração da minha voz. Meu irmão estava sob efeito de sedativos, mas ele, como profissional de saúde, sabe que os pacientes ouvem. Reproduziu a mensagem duas vezes em cada ouvido, no volume mais alto do celular. A equipe que estava encerrando o plantão quis participar e todos ficaram muito emocionados. Enquanto meu irmão recebia minha mensagem, o batimento cardíaco e a respiração dele aceleraram. Para Marcinho, aquela mensagem de amor era mais terapêutica que muitos daqueles remédios, afirmou. Meu amigo disse, por fim, que agradecia a Deus por eu ter dado a ele a oportunidade de promover aquele encontro.

Outro encontro haveria, mas não sabíamos, ainda.

As notícias do estado clínico repassadas pelo dr. Cassiano eram as mesmas dadas pelo plantonista daquela tarde: nada boas. Mas o fato de meu irmão receber o meu amor por intermédio de um médico compassivo acalmou meu coração. Naquela noite dormi embalada por um forte sentimento de gratidão.

Inspirados pela minha mensagem e seus efeitos tanto em mim como no Marcinho, meus sobrinhos pediram para ver o pai, porque precisavam levar-lhe, igualmente, o seu amor. As visitas eram proibidas por causa do quadro de covid, mas a constatação de que a morte se avizinhava fez com que a equipe médica permitisse a ida dos filhos mediante cuidados redobrados.

Apesar de avisados sobre como é visitar alguém numa UTI e, por consequência, vê-lo sedado, entubado e vulnerável, eles ansiavam por ver o pai. Eu e minha irmã esperamos por eles na recepção para ampará-los, porque sabíamos que precisariam. E como precisaram!

Os dias seguintes foram de muita angústia. O quadro clínico dele foi se agravando, nem tanto pela covid, mas pelas complicações decorrentes da cirrose. Havia sinais de falência de órgãos, enfim, o quadro tornara-se irreversível. A ligação do plantonista da tarde do dia 19 de julho, dezesseis dias desde a internação, trazia a confirmação da falência múltipla de órgãos e da autorização para a visita dos parentes mais próximos, o quanto antes. O plantonista da noite seria avisado de que dois filhos, morando noutras cidades, já tinham autorização para visita noturna, uma exceção às regras do hospital. O momento exigia tais medidas.

Para minha surpresa e alegria (sim, isso mesmo, alegria), o plantonista que assumiu o turno da noite, convocado de última hora, foi justamente o meu amigo. Um anjo que a vida preparou para cuidar de meu irmão nos seus últimos momentos de vida. Dr. Cassiano acompanhou a visita/despedida dos filhos e os acolheu. Mais tarde, segurou as mãos de meu irmão dizendo-lhe que seguisse em paz e na luz porque sabia que nós, a sua família, seguiríamos da mesma forma.

Próximo da meia-noite daquele dia 19 de julho, a quatro meses de completar setenta anos, Marcinho morreu.

Cassiano, meu estimado amigo, desceu até a recepção do hospital para abraçar meus sobrinhos e dizer que o pai havia partido serenamente logo após a despedida deles. Acolheu, também, cada um de minha família. Por fim, abraçou-me demoradamente e agradeceu por permitirmos a ele presenciar um bonito encontro de vida às portas da morte.

Marcinho viveu uma vida de muitos desafios, mas morreu uma morte digna.

Entristeci-me por não ter tido, ou não ter criado, oportunidades durante a vida para uma conversa com meu irmão da forma que meu coração desejava. Gostaria de tê-lo ouvido mais e, achando oportuno, perguntar-lhe sobre suas dores, sombras e silêncios.

Talvez, inconscientemente, tenha me dado conta de que não havia muito a ser dito, apenas a ser feito. E eu fiz.

As vivências de morte até aquele momento me obrigaram a experimentar a dor em seu nível mais profundo. Eu havia evoluído e, de alguma maneira, tinha aprendido a me reerguer de meu destino externo. Comigo, reerguia, também, os filhos dele, a quem dei colo como se meus filhos fossem. Isso deu e continua a dar sentido à minha vida.

Se a dor pela morte de alguém a quem amo é inevitável, a forma de sofrer, ao menos, me é permitido escolher. Embora possa parecer estranho a você, para mim foi bonito, apesar de triste, estar com meu irmão vivendo a morte dele. Esse não foi um ato de coragem, mas de amor!

*"Põe-me como um selo em teu coração...
porque o amor é mais forte do que a morte."*

(Cântico dos Cânticos 8,6)

PARTE 3

Escolher Viver

SOBRE VIVER DE FÉ

Viver de fé é não saber o que esperar do amanhã, mas é ter a certeza de que sobreviveremos a ele.

A fé é o contrário do medo; é sentir-se acompanhado.

Sobreviver é permanecer vivo depois de um acontecimento traumático como, aqui especificamente, a perda física e definitiva de alguém que se ama em absoluto. O grande desafio nem é sobreviver, é viver com sentido e propósito após fatos traumáticos como esse.

Durante o adoecimento e internação de Frederico houve grandes e inúmeras manifestações de fé e orações por ele e por nós, a sua família. Foram movimentos de extrema beleza, entrega e acolhimento.

Por duas vezes, durante os cento e doze dias em que esteve internado, muitos parentes, amigos, amigos de amigos, desconhecidos, parentes de outros pacientes internados no mesmo local se reuniram em frente ao hospital para correntes e momentos de oração.

A primeira delas, uma semana após a internação, aconteceu no domingo às dezoito horas. Por causa de um vislumbre que tive em uma daquelas angustiantes horas ao lado do meu filho e que compartilhei com um casal amigo, eles reuniram grande parte de nossos amigos e familiares em frente ao hospital e, de mãos dadas, circundaram o prédio, que ocupa toda uma quadra. Aquilo era algo inédito, e a corrente de energia que se criou enquanto orávamos tocou profundamente todos os que ali estavam, inclusive os que se achavam em serviço. No dia seguinte, não se falava em outra coisa naquele hospital. Mas isso foi apenas o começo de algo extraordinário que começava a surgir em torno de nós – a fé compartilhada.

A segunda foi em 4 de outubro, dia em que Fefê completava dezoito anos. Aquele mesmo casal organizou e convidou dezenas de amigos e familiares para outro momento ainda mais deslumbrante. A rua e a entrada principal do hospital foram tomadas por aquela gente que amava o meu filho e a nós. Muitos dos seus colegas de escola estavam lá para rezar por ele, para nos abraçar e levar-lhe alguns mimos. Esses mimos, hoje, compõem um pequeno altar que criei aqui em casa e que me faz lembrar, embora não sem dor, daquele momento surreal.

É difícil descrever em palavras o sentido e o vivido. "Para muita coisa importante falta nome", afirma Guimarães Rosa.

Houve ali, naquele dia de aniversário, uma energia de entrega e de amor tão grande que causou em todos nós uma euforia e um maravilhamento. Essa mesma energia que se criou naquele, digamos, culto ecumênico me fez ter a certeza de que não estávamos sós e de que a força que recebíamos nos sustentaria a despeito do que viesse a acontecer. Os parabéns em coro para Fefê, debaixo da janela do leito em que ele estava, finalizaram em lágrimas e esperança aquele momento ímpar. Iríamos juntos, em fé, até o fim.

Várias outras manifestações de fé e esperança aconteciam em toda parte do país e fora dele; pessoas se juntavam em prece pela recuperação da saúde de Fefê. A corrente aumentava a cada dia e assim seguiu até a sua morte. Soube que continuaram depois também para que ele pudesse seguir o caminho dele e nós o nosso.

Imediatamente após a morte dele e da nossa despedida, eu e Celso, lá mesmo na UTI, nos entreolhamos e nos perguntamos o que faríamos com a nossa fé. Aquela fé que havia nos encorajado e nos sustentado até ali e que nos dava a certeza de que o levaríamos de volta para casa, ainda que o prognóstico não fosse dos mais animadores, pois o longo processo de internação, as diversas medicações, as convulsões, que não cessavam ainda que amplamente tratadas, certamente causariam sérios problemas neurológicos e, por consequência, de interação, locomoção etc.

A nossa fé, porém, não foi suficiente para garantir a vida dele e restou extremamente abalada. De que adiantaram tantas orações, tantos movimentos, tanta entrega? Tais questionamentos, porém, não estavam e quase nunca estiveram carregados de revolta. Julgo-os naturais e legítimos, afinal se tratava do nosso filho, um lindo jovem de dezoito anos, cheio de vida e sonhos. Como já relatado, ali mesmo, eu, Celso, Guilherme e Henrique recolhemos os trapos de nós que sobraram daquele longo e penoso processo e decidimos que não sucumbiríamos, que seguiríamos unidos e fortes em honra ao nosso menino. Padre Fábio de Melo, em postagem no Instagram em 8 de maio de 2018, nos ensina que "a fé não nos priva da dor. Apenas empresta o cobertor que por ora colocamos sobre o frio da alma". E a nossa estava petrificada.

Com o passar dos dias, das semanas, percebemos que ainda tínhamos fé suficiente para seguir adiante; uma fé da qual até hoje me perguntam a origem. Eu mesma não sabia responder. Hoje, entendo que a experiência de fé não é um sentimento capaz de salvar a vida de alguém senão a nossa própria. Rezar, orar, fazer promessas (negociar com Deus) ou o que quer que seja não garante que aquela pessoa será curada, talvez sim. Fé não é sobre isso, mas sim aceitar o peso e a grandeza de ser o que é. É uma vontade interna de passar por aquilo de difícil que o dia de amanhã nos reserva com a certeza de que seremos capazes de transpô-lo e, ainda que difícil, de que (re)encontraremos um sentido e um propósito para continuar vivendo.

Sentido de vida diz respeito a uma disposição interna e individual. É aquilo de mais profundo que você pode encontrar dentro de si e que te move a experimentar a sua essência. Propósito de vida diz respeito a uma disposição externa e coletiva. É aquilo que você oferece ao outro como realização desse sentido.

O meu sentido de vida tem sido viver o amor. O meu propósito de vida tem sido falar desse amor.

Assim, a fé que me nutre e me sustenta é de que a dor pelos lutos vividos tem resgatado meu sentido de vida e me proporcionado realizar propósitos. É o processo que contém a gratificação, porque nele estão inúmeros outros resultados, por vezes inimagináveis. Eu sequer sonhava chegar a tantas pessoas por meio da minha escrita, da minha dor.

Costumo dizer que talvez eu nunca saiba qual o propósito da vida do meu filho. Por qual motivo ele permaneceu tão pouco tempo entre nós. Qual o porquê de uma doença tão rara em um ser tão jovem e sadio. Desconfio que ele veio para nos ensinar sobre o verdadeiro amor, sobre liberdade, sobre alegria, sobre leveza, sobre beleza, sobre sentido...

Por amor aos meus queridos, vivos e mortos, por amor à vida sagrada que recebi e às que gerei e por amor aos que me amam e querem me ver bem, eu sigo viva, cultivando a fé em mim mesma.

SOBRE MINHAS ROTAS DE CURA

Voltar à inteireza.

Esse é o significado de cura que faz sentido para mim e que trago para este contexto.

Nesse contínuo e árduo caminho de vivenciar o luto pela perda de papai, mamãe, Fefê e Marcinho, tomei a firme decisão de olhar para como a natureza da vida é: não se pode dominá-la e não se pode evitar a morte. Assim, busquei e sigo buscando a aceitação de tais eventos. Passei a olhar mais para dentro de mim que para fora, pois é dentro que considero termos disponível a cura. Não digo ser fácil, mas possível.

Foi, principalmente, a partir da morte do meu filho que senti a urgente necessidade de me cuidar para tentar curar a mim e aos meus. Guilherme e Henrique haviam perdido o irmão e não mereciam perder o pai e a mãe para a depressão. Eu e Celso, já muito machucados, não suportaríamos vê-los pior do que estavam.

Assim, em conjunto, decidimos "não ir para o fio" – não nos abandonaríamos, não nos entregaríamos à tristeza absoluta, não nos mataríamos, figurativa e literalmente. Buscaríamos recursos internos e externos que pudessem nos reerguer, que pudessem juntar os fragmentos que restavam de cada um de nós para nos sustentar e, quem sabe, conseguirmos viver, minimamente, uma vida feliz.

O momento exigia de nós coragem e vontade de sentido. Olharíamos de frente para as nossas dores para tentar entendê-las e, desse modo, cuidar delas. Tentaríamos transformar nosso sofrimento em algo construtivo. Eu, intuitivamente, coloquei a dor a meu serviço.

Foi assim que comecei a trilhar o que denominei de minhas rotas de cura: caminhos que pudessem me ajudar a encontrar alguma paz, a sobreviver à dor do luto e a buscar algum sentido diante da morte.

Iniciei minha travessia pela escrita.

Fiz da minha dor um livro.

CATA-VENTO – MINHA ROTA DE CURA

Escrever tornou-se a minha rota de cura.

É com essa frase, com tal constatação, que termino meu livro *Cata-vento*.

A escrita foi e tem sido a minha salvação, pois ela me organiza e tem me ajudado na elaboração dos meus lutos. No princípio, na elaboração do luto pela morte de Frederico. Hoje, olhando para trás, ainda pela morte dele, mas também pela dos meus pais e do meu irmão e de tantas outras pessoas que me eram extremamente caras.

Ainda que minha formação acadêmica me desse condições para a escrita, ainda que eu amasse a literatura, eu nunca havia pensado em escrever um livro. Muito menos dois.

Tudo começou quando Fefê foi internado e nossos muitos parentes e amigos iam até a recepção do hospital para nos ver e nos levar um abraço e uma palavra de conforto. Mas o que comumente acontecia era que eles próprios é que saíam tocados e abastecidos da nossa força, fé e amor, como relatavam.

Com o passar dos meses, uma amiga me disse que eu deveria escrever um livro sobre aquela experiência extremamente dolorosa que vivíamos, mas que conseguíamos transformar em exemplo de amorosidade, resiliência e fé. Que eu deveria contar e ensinar como é ver um filho numa situação absurdamente triste e vulnerável e, ainda assim, saber "sofrer bem".

Em um primeiro momento achei aquela ideia meio sem propósito, ilógica, ainda mais num contexto em que não conseguia pensar em nada mais além de estar ao lado de Fefê, cuidando dele e, fora dali, cuidando dos meus outros filhos, que experimentavam a dor de ver o irmão caçula numa situação tão difícil.

O tempo foi passando, a dor aumentando, os dias dentro daquela UTI se arrastando e eu comecei, mentalmente, a escrevê-lo. Aliás, é assim que a minha escrita acontece: vivo-a, depois escrevo. Dessa forma, fui elaborando-a na mente e no coração e me convencendo de que contaria a nossa história, porém acreditava noutro final. Esperava contar um milagre. Hoje escrevo sobre cura.

Fefê faleceu na madrugada de 5 de novembro de 2018. Duas semanas depois, comecei a escrever *Cata-vento*. Não me pergunte como consegui, pois nem eu mesma sei ao certo. Sinto que ventos sutis sopraram inspiração em meus ouvidos e mãos. Além disso, tive o apoio incondicional da minha família. Todos ansiávamos por algo que nos preenchesse e desse sentido à nossa dor.

Dias depois, eu e Celso fomos assistir à palestra "A arte de ser leve", da querida jornalista, escritora e palestrante mineira Leila Ferreira. Eu tinha estado com ela anos antes na mesma palestra, mas fui até lá, ainda que me sentindo muito fragilizada pela recente morte de Fefê, para pedir-lhe, pessoalmente, autorização para algo que desejava escrever em meu livro usando uma fala dela. Ouvi-la falar de leveza naquele momento seria também um respiro.

Momentos antes, encontrei Mônica Cunha, uma grande amiga, também jornalista, escritora, apresentadora e, naquele evento específico, mediadora. Fui até ela minutos antes do início da palestra. Recebi seu abraço afetuoso e ela quis saber como eu estava, uma vez que não tínhamos nos visto nos últimos meses. Disse-lhe que estava vivendo um dia por vez e me permitindo sentir as dores de cada um deles. Estávamos tentando sobreviver e estar ali, naquele momento, para assistir Leila era um grande esforço.

Após a palestra, Mônica iniciou a mediação dizendo à Leila que na plateia havia uma pessoa amiga vivendo um momento extremamente difícil e, por isso, queria saber dela se é possível ser feliz a despeito das dores e adversidades que a vida nos impõe.

Após o bate-papo entre ambas e a interação com a plateia, fui falar com Leila. Mencionei que aquela pessoa referida era eu e contei-lhe sobre a minha recente dor. Pedi-lhe permissão para citar uma importante fala sua no livro que eu havia começado a escrever. Leila segurou minhas mãos, olhou em meus olhos úmidos e não apenas me permitiu o uso daquela fala específica e de quantas eu desejasse como se ofereceu para prefaciar meu livro.

O restante do meu já limitado estoque de lágrimas foi derramado ali mesmo diante dela. Mas aquelas eram lágrimas de gratidão pelo presente que me impulsionava a seguir pelo caminho da escrita que, hoje sei, é de muita cura. Naquele momento, também, decidi que lançaria o livro em 5 de novembro de 2019, dia em que se completaria um ano da morte de Fefê. Eu daria novo significado àquela triste data; faria dela um marco de renascimento de Frederico e de todos nós.

Sabendo da oferta de Leila e de que eu lançaria o livro naquela data especial, Mônica se ofereceu para ajudar de alguma maneira e convidou-me para participar de seu programa matinal na TV no dia do lançamento. Mais um estímulo para que eu seguisse escrevendo.

Nos nove meses seguintes, entre muita dor e lágrimas, escrevi *Cata-vento*, o meu "filho espiritual". Tomo emprestado de Viktor Frankl esse termo porque ele traduz dignamente o que sinto em relação ao meu livro. Um filho que gestei em homenagem ao Frederico, que, sinto, esteve espiritualmente ao meu lado soprando inspiração e coragem.

Eu descrevo de forma visceral o que foi vivenciar diariamente o adoecimento e morte dele. Como foi estar numa UTI ao lado de um filho em coma, que não parava de convulsionar, mas que permanecia belo apesar de todos os procedimentos invasivos e intercorrências advindas da baixa imunidade causada pelos muitos medicamentos imunoterápicos. Doze horas diárias, durante cento e doze dias, vivenciando um parto às avessas. Fora da UTI, em casa, eu sobrevivia à deriva tentando acolher meus filhos enquanto enviava notícias de Fefê às centenas de amigos, colegas, familiares.

E são esses relatos, quase que diários, o fio condutor da narrativa de *Cata-vento*.

Um ano depois, em 5 de novembro de 2019, às nove horas da manhã, eu entrava no estúdio onde Mônica apresentava, ao vivo, o seu programa.

No mesmo dia, às dezenove horas, eu recebia aproximadamente quatrocentas pessoas para o lançamento do livro.

Assim aconteceu...

... e tem acontecido de eu trilhar um caminho de muito amor e muita cura. Desde o lançamento do livro, minha família e eu temos recebido intensas doses de amor de todas as partes e de todas as maneiras: amor de quem conhecemos e de quem não conhecemos; relatos de experiências similares e de quanto a nossa história tem reverberado e mudado vidas de outras mães e pais que perderam seus filhos; relatos de como somos exemplos e inspiração de força, fé e resiliência; abraços apertados de gratidão; sobre o quanto Frederico é lindo, é amado e é luz; sobre o quanto é difícil viver a maternidade às avessas e, ainda assim, saber seguir; sobre a minha generosidade em compartilhar a nossa dor e acolher a dor alheia; como é saber honrar a vida de um filho que partiu e dos demais que ficaram; sobre como é perder o chão e, ainda assim, continuar trilhando caminhos de (muita) vida.

Os relatos e acolhimentos são os mais belos possíveis e, ainda que eu escrevesse páginas e páginas, elas seriam insuficientes para descrever quanto afeto, apoio e amor temos recebido nesses últimos anos desde que Fefê se foi.

Neusa, uma amiga, conseguiu resumir o que sinto em relação a me tornar uma escritora:

— Dilma, você deu à luz um filho e esse filho deu à luz uma escritora. Ele, Frederico, te concebeu!

Cata-vento não é apenas sobre a dor que vivemos; ele se transformou no símbolo de uma vida INTEIRA – a vida do Frederico. Uma vida de leveza, fluidez e liberdade. E onde quer que se veja um cata-vento, lá estará o meu filho, lembrando-nos de que a vida é fluxo constante de energia, é movimento e que, gostemos ou não, consigamos lidar ou não, ela segue seu próprio curso.

Mesmo aceitando a morte do nosso menino, tem sido muito doloroso viver sem ele, mas reconheço que a caminhada tem sido curativa.

Que possamos ser luz para quem não consegue, talvez, enxergar um caminho e dar o próximo passo na dura tarefa de viver sem aquele(s) que se foi(foram).

IOGA E MEDITAÇÃO

Meditar e mergulhar para dentro de mim tem me propiciado autoconhecimento e autocura.

Ioga, palavra originária do sânscrito, língua sagrada do hinduísmo, designa uma tradição de sabedoria milenar, originária da Índia, com múltiplas vertentes que têm como foco, fundamentalmente, o autoconhecimento. A própria raiz da palavra quer dizer junção, união – consigo mesmo, com a natureza, com o Sagrado. Para se chegar a essa união é preciso trabalhar a mente por meio de posturas físicas, exercícios de respiração, relaxamento e meditação. A regularidade traz uma série de benefícios para a saúde como um todo.

Trata-se de uma "prática" pessoal que busca nos levar a uma expansão da consciência e, por consequência, ao contato com a nossa essência ou, em outras palavras, à nossa verdadeira identidade.

Alguns meses após a morte de Fefê, uma amiga, na tentativa de me oferecer algo que me ajudasse na vivência do luto, me convidou para uma aula de ioga na semana seguinte. Aceitei o convite de pronto, porque eu fazia aulas à época da morte do meu pai e sabia que aquela prática muito me ajudara a atravessar aqueles primeiros meses de luto, porém estava há anos sem praticar.

Eu estava perto de finalizar a escrita de *Cata-vento* e precisava, de alguma maneira, esvaziar-me daquele transbordamento de emoções. Desejava voltar para dentro de mim, aquietar mente e coração, silenciar-me. O silêncio é curativo.

Enchi-me de boa vontade para cumprir o compromisso que havia feito com aquela amiga na semana anterior e fui. Eu ainda não sabia, mas aquele caminho, sem volta, da prática de ioga e meditação seria, também, mais uma rota de cura para mim.

Hélio Pellegrino, artista, escritor e poeta, disse que o sentido da vida é uma "pro-cura". A cura das grandes angústias da vida vem justamente da procura por quem a gente é. E, mesmo que essa busca não termine nunca, é por meio dela que a gente se define como pessoa e se autocura.

Cheguei na aula com mente e coração abertos, numa "pro-cura" por autocura. Recebi o melhor que merecia naquele momento: acolhimento profundo e verdadeiro, solidariedade e validação da minha dor sem opiniões de como eu deveria ou não agir. Na verdade, exceto minha amiga e a professora, ninguém mais sabia, naquele primeiro momento, como eu vivia em frangalhos; estava sobrevivendo, porém buscando recursos para viver minimamente bem. Mas todos que estavam naquele caminho de autoconhecimento sabiam que cada um de nós é um ser sagrado que carrega as dores e os sabores de ser quem se é e que cada um vive o seu processo da forma e no tempo que consegue viver.

A prática da ioga não garante uma vida feliz e sem problemas, mas ela pode garantir um lugar de calmaria dentro de nós que nos possibilita enfrentar os problemas com serenidade e confiança.

Ouvi da nossa professora, certa vez, que praticar ioga é como estar bem no fundo do oceano, lá onde a água é calma e o mergulho sereno e silencioso. Sabemos que na superfície há ondas gigantes, tubarões, predadores diversos nos aguardando, mas, quando tomamos consciência de que a vida acontece verdadeiramente dentro de nós, a gente emerge de forma lúcida, consciente e tranquila para enfrentar o mar revolto da vida cotidiana.

Quanto mais eu mergulho para dentro, mais encontro forças para enfrentar as adversidades. A profundidade me permite a clareza.

A meditação, por sua vez, independe da prática da ioga, mas, do mesmo modo, diz respeito a um estado de quietude e presença. Meditar é olhar para si e sentir o seu corpo, seu coração, suas emoções. Meditação é um estado de silêncio profundo em que a mente é convidada a aquietar-se para que se perceba a si próprio. O silêncio aplaca o barulho das nossas certezas e nos conecta ao Sagrado, dentro e fora de nós.

Tomo por Sagrado aquilo que nos inspira e nos impulsiona a seguir adiante, seja uma convicção religiosa, a crença em um ser superior, a crença em si mesmo, na natureza, na vida que pulsa em cada um de nós.

Daquela primeira aula experimental até hoje já se passaram muitos anos e cada vez que me sento, seja durante a prática de ioga ou diante do meu pequeno altar, e medito, eu volto meu olhar para dentro e reconheço a pessoa que sou e a pessoa em quem tenho me transformado ao trilhar os caminhos que a vida tem me propiciado, sejam eles fáceis ou não. Sou levada a compreender pela consciência que eu não estou no mundo, eu sou parte dele.

PÓS-GRADUAÇÃO EM FILOSOFIA E AUTOCONHECIMENTO

Estudar e aprender me fascinam.

Às vésperas do lançamento de *Cata-vento* recebi, por acaso, um post sobre uma pós-graduação em Filosofia e Autoconhecimento pela PUCRS.

Filosofia? Eu sempre desejei conhecê-la, mas as demandas diárias nunca haviam permitido que me dedicasse a tal saber.

Autoconhecimento? Era algo que sempre busquei desde a minha juventude.

Uma pós-graduação a distância que trazia essas duas possibilidades de estudo juntas, num momento em que eu havia decidido percorrer caminhos de conhecimento e cura, pareceu-me muito oportuna! Mas precisaria pensar um pouco mais, afinal estava a poucos dias do lançamento do livro, muitas demandas decorrentes disso, e o curso não era barato. Porém, aquela possibilidade não saía dos meus pensamentos, pois a grade curricular era riquíssima e me pareceu um alento para aqueles tempos tão difíceis. Algo auspicioso, pensei.

Comentei com uma amiga e colega de trabalho, aquela mesma que me incentivou a iniciar a escrita do livro, e ela própria se encantou com a proposta do curso, convencendo-me à matrícula. Feito! Iniciava-se uma nova travessia.

Os dois primeiros módulos de um total de dezoito já estavam disponíveis na plataforma da instituição e eu poderia iniciar minhas aulas imediatamente, mas preferi deixar passar o lançamento do livro para me dedicar melhor aos estudos. Porém, para minha surpresa, logo após o lançamento comecei a ser convidada para entrevistas, rodas de conversa, tardes de autógrafos. O meu tempo estava quase todo preenchido, mas precisava iniciar as aulas o quanto antes, uma vez que o curso duraria, obrigatoriamente, doze meses acrescidos de três para apresentação do trabalho de conclusão de curso – um artigo científico.

Percorria cada módulo no meu tempo, na medida da condição emocional de quem vivia um luto muito recente. Fui descobrindo novos saberes que me levavam cada vez mais para dentro de mim. As possíveis respostas que buscava para aquietar o meu coração às vezes chegavam de forma sutil, fosse por um exemplo de vida que coincidia com o que estávamos vivendo, fosse pela atitude de alguém, Frankl por exemplo, perante o sofrimento inevitável.

Fui aprendendo com a filosofia que não são as respostas que nos movem, mas as perguntas. Verdade! Naquele momento, não eram mais as respostas que me inquietavam, essas eu já havia compreendido que poderiam se mostrar de alguma forma, algum dia, mas as perguntas passaram a ocupar um lugar mais importante em mim. Elas me movimentavam, me tiravam de um lugar-comum de dor e sofrimento e me impulsionavam a seguir adiante.

O importante não é o que fazemos de nós, mas o que nós fazemos daquilo que fazem de nós, afirma Jean-Paul Sartre. Perguntei-me: o que farei com o que a vida fez de mim?

Passados quatro meses desde o início da pós, fomos atropelados pela pandemia de covid-19. Mais um grande desafio se avizinhava e ainda não tínhamos a menor noção dos tempos difíceis que enfrentaríamos. Em casa, isolados, eu me apeguei aos estudos e isso também me salvou. Quando não estava trabalhando, estava estudando. Dizem que ler (e estudar) abre portas, e as minhas estavam sendo escancaradas.

Li, estudei e aprendi muito sobre história da filosofia e filosofia oriental, carreira e vida pessoal; as perdas e ganhos decorrentes da passagem do tempo e como viver bem todas as etapas da vida; convivência humana, propósito de vida e trabalho; administração do tempo e prioridades; felicidade, emoções positivas, bem-estar, empatia; pensar ordenadamente; desafios da vida contemporânea; segredos da existência: realidade metafísica; estética e ética; o clássico "conhece-te a ti mesmo"; administração do estresse e saúde mental; espiritualidade, *flow*, *mindfulness* e, por fim, mergulhei na logoterapia: a terapia do sentido da vida.

Descobrir a logoterapia de Viktor Frankl naquele difícil momento de minha vida fez uma grande diferença; e o mais curioso e belo de tudo: descobri que, mesmo sem nunca tê-la conhecido, havia aplicado, na prática, a teoria logoterápica. Não me refiro somente às escolhas de vida que eu e, por consequência, minha família fizemos, mas principalmente ao meu próprio livro.

Cata-vento é o relato visceral do adoecimento e morte de Frederico, do nosso sofrimento e de como decidimos escolher viver a despeito da dor que sentíamos. À medida que eu estudava e me aprofundava na teoria de Frankl, eu me via revelada nas páginas dos seus muitos livros, destaque para o principal deles: *Em busca de sentido – um psicólogo no campo de concentração.*

E foi assim, como já mencionei, pela identificação, que nasceu em mim o desejo de usar essa temática tão vívida como objeto do artigo que eu deveria escrever, ainda durante a pandemia, para concluir a minha pós-graduação de vida.

O que esses estudos fizeram por mim, em um momento quase que indescritível de sofrimento e medo, é incalculável. Tudo o que aprendi com Lya Luft, Fabrício Carpinejar, Leila Ferreira, Leandro Karnal, Pondé, Zeca de Mello, Olgária Matos, Marcelo Gleiser, Mihaly Csikszentmihalyi, Sérgio Augusto Sardi, Paulo Kroeff (alguns dos grandes professores convidados) e com os professores Eduardo Luft, Leonardo Agostini, Luciano Marques de Jesus (alguns dos excelentes professores daquela instituição de ensino), eu trouxe para a vida. E, agora, trago para as páginas deste livro.

Que eu consiga, minimamente, levar a você a grandeza de tudo o que aprendi com esses grandes mestres. Igualmente com a vida, nossa mestra maior.

CLUBES DE LEITURA E COMUNIDADE GENTE BOA

Acolher e ser acolhido salva.

Antes mesmo de concluir uma caminhada eu já enveredo por outra estrada. É assim que funciono; estrada eu sou! Gosto muito de citar uma fala de Roberto Crema (Unipaz) como se minha fosse: Eu sofro de entusiasmo!

Entusiasmo, do latim *enthusiasmus* e do grego *enthousiasmos*, significa ter um Deus interior, uma inspiração divina, ser cheio da presença do Espírito Santo. É assim que me sinto e desejo permanecer.

Nesses últimos anos tenho preservado a fé em mim mesma, no Sagrado que habita dentro e fora de mim e que me dá forças para seguir adiante. E nesse caminhar tenho encontrado pessoas muito especiais, cheias de muita luz. Pessoas que, assim como eu, vivem a dor do luto e, da mesma forma, tentam não se perder em algum caminho sombrio e anseiam por voltar à inteireza.

Acredito que a gente deseja as coisas e que as coisas nos desejam. Que procuramos pessoas e que elas procuram por nós, também. Coisas lindas e pessoas especiais têm chegado até mim com frequência. Isso se intensificou sobremaneira durante a pandemia com o advento dos encontros via plataformas digitais.

A vida foi se encarregando de promover tais encontros. A nossa dor nos aproximou. Nas muitas *lives*, workshops e cursos oferecidos por grandes nomes da literatura, das artes, do jornalismo, da medicina etc., que, de forma natural, falam de vida e morte, fui conhecendo pessoas maravilhosas, famosas e anônimas. Uma teia de mútuo apoio foi se formando.

A princípio, propus um Clube de Leitura sobre Vida & Morte para uma rede de novos amigos de várias partes do país que viviam algum tipo de luto, recente ou não. Criamos um grupo de WhatsApp e uma vez por mês sugeríamos a leitura de um livro previamente escolhido dentro dessa temática e, na sequência, um encontro virtual para discussão da tal obra. Muitas delas constam da bibliografia ao final desta, inclusive *Cata-vento*.

Pode parecer sinistro, mas foi justamente a coragem de olhar para a nossa dor, falar sobre ela e tentar ressignificá-la que nos levou para um lugar comum de entendimento, acolhimento e aceitação do inevitável. A dor compartilhada tem o poder de aproximar pessoas.

Paralelamente, vivíamos lutos pessoais e coletivos pela covid. O caos estava implantado, mas deveríamos manter-nos em equilíbrio; fomos nos acolhendo e nos fortalecendo. Novos integrantes foram chegando, novas histórias sendo contadas, novos acolhimentos sem julgamentos foram feitos. Em pouco tempo já havíamos nos tornado uma família. Alguns desses membros, inclusive eu, fomos parar noutra comunidade – A Comunidade Gente Boa (CGB), um lindo projeto da dra. Ana Cláudia Quintana Arantes.

Conheci a dra. Ana em 2013 quando de sua participação no TEDx FMUSP, ocasião em que falou sobre *A morte é um dia que vale a pena viver*, título de seu livro lançado posteriormente. Hoje, um best-seller.

Médica geriatra especialista em cuidados paliativos, escritora, palestrante e professora, ela se preocupa verdadeiramente com o bem-estar físico e emocional de seus pacientes e de quem quer que tenha a vida ameaçada por uma doença grave, inclusive de seus cuidadores. Dra. Ana cuida da dor do outro. Com coragem e determinação, enfrentou e ainda enfrenta uma medicina que não enxerga os cuidados paliativos como essenciais para a vida humana. Mas as conquistas dela e de tantos outros profissionais e voluntários da saúde em ensinar e conscientizar a própria área da saúde e população sobre tais cuidados têm sido muitas. Sou testemunha e, ainda que humildemente, tenho ajudado na divulgação dessa cultura tão necessária.

Resoluta, dra. Ana fala linda e abertamente sobre o morrer, esse tema tabu. Ela valida com compaixão as nossas dores e dificuldades em viver a morte dos nossos amores. Foi por isso, principalmente, que me aproximei dela.

Há três anos participo da Comunidade Gente Boa, projeto personalíssimo da dra. Ana Cláudia destinado a pessoas de qualquer área de atuação profissional, não necessariamente da saúde. Os encontros da CGB acontecem sempre aos domingos pela manhã, ao vivo pela plataforma Zoom. Conversamos sobre literatura, música, teatro, poesia, meditação, canto, vida, morte, saúde, sofrimento, conquistas, cuidados paliativos, envelhecimento, enfim, tudo que diz respeito à vida. As partilhas são muito respeitosas, quase sempre emotivas, mas a leveza, a atitude e o humor permeiam nossas trocas de experiência.

Uma vez por mês, geralmente no último domingo, temos o Clube do Livro. Ela escolhe previamente os livros do semestre na "Estante da Ana" e, durante noventa minutos, debatemos cada uma dessas obras – e, o mais incrível, quando possível, com a presença do autor. Vale destacar que, dentre grandes autores, tivemos o enorme privilégio de ler e conhecer a jovem Ana Michelle Soares, carinhosamente chamada de Ana Mi, falecida em janeiro de 2023 após anos de tratamento de um câncer metastático. Ana Mi foi e continua sendo referência na luta pelos cuidados paliativos.

Em um desses muitos encontros do Clube do Livro, o querido Fabrício Carpinejar, autor consagrado, foi convidado pela dra. Ana Cláudia para discutir seu livro *Depois é nunca*.

Naquele dia eu estava especialmente emocionada pela possibilidade de falar com o Carpinejar, pois ele tinha sido um dos professores da minha pós-graduação. Em seu módulo "Estética: a beleza do mundo explicada" ele entregou mais que conteúdo, entregou-nos ricas aulas de vida. Sensibilizei-me tanto com suas falas e ensinamentos que, após o término do módulo, enviei-lhe meu livro como forma de agradecimento e empatia.

Pois bem, havia chegado a vez de conversar com meu querido mestre. Apresentei-me e recordei-o de que eu era aquela sua aluna que havia escrito um livro contando sobre a morte do filho; e que ele, por meio de sua escrita, sabia como ninguém dialogar profundamente com a minha dor. Carpinejar ouviu-me e, com os olhos mareados e voz embargada, disse-me:

> Dilma, a Língua Portuguesa é também mãe e nem ela foi capaz de nominar o que significa perder um filho. Eu tenho essa noção de que não há nome para tal perda. Tenho noção, também, de que as pessoas de fora não entendem que o filho continua crescendo dentro de ti. Você continua comemorando os aniversários do seu filho, ele continua crescendo na tua imaginação, na tua memória. Você, quando tem uma alegria, e pergunta... quantos anos teria meu filho, o que ele estaria fazendo, se estaria na faculdade, casando, se separando, se estaria viajando o mundo.
>
> É uma vida paralela. Quando você vive o luto, você vive duas vidas: a vida que está acontecendo e a vida que não acontece, e todas acontecem ao mesmo tempo. O que não podemos é permitir que essa vida paralela seja maior que a nossa vida. Não que ela tenha que desaparecer, a gente só não pode deixar que ela seja maior; eu falo que perder um filho é como soprar velas apagadas todo ano, mas você continua soprando-as, mesmo estando apagadas.
>
> Você fez aquilo que exige muita coragem: você colocou a dor para trabalhar, você colocou a dor para escrever, você alfabetizou essa dor. Você não deixou a dor parada como uma âncora prendendo você ao dia da despedida. Você sabia que teria de conviver com aquela dor, então, você a ressignificou, deu à dor um propósito, deu à dor um destino.
>
> Quando ouço "Ah, tem que parar de sofrer, tem que seguir a vida", eu fico pensando... que indiferença! Porque a dor é

o que restou da pessoa, a dor é o que restou do filho. Aí você pergunta: você quer que eu mate a minha dor? Não! Vou deixar a dor crescer, amadurecer, tornar-se adulta, envelhecer e ajudar todas as pessoas com dores parecidas. Por incrível que pareça e, talvez você não entenda o alcance disso, Dilma, mas a sua dor já ajudou muita gente.

Percebendo que a maioria de nós chorava, Carpinejar silenciou por alguns segundos e concluiu:

Eu tenho a convicção, turma linda, de que nós afinamos o timbre da nossa voz na tristeza, só na tristeza! Tanto é que as gargalhadas mais lindas e mais gostosas que ouvi na minha vida vieram de quem já sofreu muito, porque essa pessoa sabe quanto custa o seu riso.

O transbordamento da minha emoção e, creio, de todos que naquele dia participavam do encontro foi algo libertador. A dor, quando respeitada e acolhida, torna-se passível de cura. É possível voltar à integridade, sim!

Meu *Cata-vento* também esteve na Estante da Ana e no Clube do Livro da CGB. A maioria dos integrantes me conhecia desde o início da Comunidade e, por consequência, a minha história. Em sua grande maioria, já tinham lido meu livro. Para os demais, enviei exemplares a tempo de lerem e se prepararem para o Clube.

Mais um grande encontro do Clube do Livro havia chegado, era 26 de fevereiro de 2023. Todos ansiávamos por aquele encontro, pois sabíamos que seria emocionante falar de Fefê. Nos últimos tempos, ele havia chegado à casa de cada uma daquela Gente Boa, tinha conquistado seus corações e já tinha feito morada definitiva, assim me relatavam à medida que liam *Cata-vento*.

Às dez horas, dra. Ana abriu a sala, deu-nos as boas-vindas e deixou-nos à vontade, como sempre, para perguntas, partilhas, risos, choros e o que mais surgisse. Durante uma hora e meia ouvi relatos sobre como nossa história havia impactado cada um em particular; respondi perguntas sobre fatos listados ou não no livro; recebi muito amor pelas muitas janelas do Zoom. Falamos de consentimento, generosidade, gratidão, partilhas, amor incondicional, pertencimento. Foi emocionante, acolhedor e curador. Há muito havíamos deixado de ser apenas amigos virtuais, já éramos companheiros de viagem.

Dra. Ana disse-nos que perder alguém que amamos já é, por si só, muito difícil, mas perder alguém que nos dá chão, que nos dá coragem de caminhar, é absurdamente desafiador. Essa pessoa pode ser filho, pai, mãe, cônjuge, amigo. Seguir sem essa pessoa que nos dava chão para pisar requer que busquemos um sentido de vida e que eu, particularmente, encontrei esse sentido ao tomar para mim essa missão de partilha da minha dor e do meu amor por meio do livro. Disse-me que recebi de Frederico um legado e, apesar da minha emoção e vulnerabilidade, eu sigo honrando-o com muita vida. E quando ficamos com o coração dessas pessoas batendo dentro do nosso peito a resposta é não. Não, não é hora de parar!

"Descansa, Dilma, você pode ir mais devagar, o chão pede os teus pés", concluiu ela.

Desnecessário falar da minha emoção e do meu choro. O amor e o acolhimento da CGB me ajudavam, uma vez mais, a me curar e a transcender para além de mim mesma.

Ao final do encontro recebi poesias de mães Gente Boa. Mães, como eu, transformadas pela dor e que, ainda assim, conseguem ver beleza em si mesmas e se mostram através de poesia.

A seguir, uma delas:

"Nessa fé palavreada
De uma mãe tão encantada
Que seu filho entregou
Meu luto encontrou a sorte
De perceber que eu também sou norte

E renasci no Cata-vento
No rompante de um momento
Em que a vida nos transformou
Nos transformou em mães de Anjo
Que entregaram aos Arcanjos
Os testemunhos de um grande amor."

(por Karenn Ramísia)

Assim têm sido os encontros da CGB. Um compartilhar de experiências reais de vida e morte, de acolhimento e transbordamento da própria dor e das dores alheias, de como podemos ser luz e colo para quem não vê saída após uma grande perda, não necessariamente por morte. É esse o nível de pessoas e conversas que temos dentro da Comunidade. Somos pessoas que, a despeito das dores que vivemos individualmente, aprendemos a vivê-las coletivamente. Para tanto, temos o carinho, a compaixão e os ricos ensinamentos da Gente Boa Ana Cláudia Quintana Arantes.

Desses encontros virtuais de extrema humanidade têm surgido muitos projetos na área de cuidados paliativos, acolhimentos dentro e fora da Comunidade, ajudas humanitárias em catástrofes etc. E, sempre que possível, acontecem encontros presenciais de membros que vivem próximos ou não.

Recentemente, por ocasião da vinda ao Brasil de uma Gente Boa que mora nos Estados Unidos, um belo encontro presencial foi marcado em Poços de Caldas.

Sempre que vivo alguma experiência que julgo digna de ser lembrada e compartilhada, costumo escrever sobre ela. Assim, descrevo em "Girassóis de Cristal" o que foi (re)encontrar pessoas que se conheciam apenas pela plataforma Zoom, mas que pela dor compartilhada passaram a fazer parte da vida umas das outras. A animação pelo encontro era tamanha que parecíamos crianças que viajam sem os pais pela primeira vez, daí a analogia à turma da quinta série.

GIRASSÓIS DE CRISTAL

Parte da "Turma da 5ª Série (on-line)" da Prof. Ana Cláudia reuniu-se neste fim de semana lá em Poços de Caldas, uma cidade bonita das Minas Gerais.

O encontro vinha sendo organizado com grande euforia e seria o maior da turma até então. Outros já haviam acontecido e davam uma dimensão do que seria aquele em especial.

Os alunos, colegas de classe há mais de dois anos, saíram de suas casas, deixaram suas obrigações e famílias porque ansiavam muito por aquele momento. Havia gente de várias partes desse Brasil e uma do exterior. Alguns foram sós, outros levaram filhos, esposos, irmãos, pais...

Uma aluna de Belo Horizonte, um tanto mais corajosa, levou seu querido pai de 92 anos, sob cuidados paliativos, mas disposto a gastar seu tempo de vida acompanhando a filha "adolescente" naquela aventura – com anuência médica, óbvio. Uma oportunidade única de voltar a lugares e estradas que ele percorrera muitos anos antes. A vida é única e inadiável e aquilo foi para ele um deleite, contou-nos a filha Gente Boa. Ele mesmo não participou do encontro, mas, ainda assim, esteve presente.

Dentre todos, uma aluna, em especial, seria a anfitriã/homenageada:

EDNA APARECIDA é o nome dela. DAVID, o sobrenome. FÉ e AMOR, seu codinome.

Ela veio de terras tão, tão distantes para visitar a família. Por esse motivo, a Turma da 5ª Série se organizou e resolveu aproveitar a ocasião para ir conhecê-la pessoalmente. Todos a têm em alta conta.

A cidade foi sendo tomada por aquelas pessoas conhecidas por Gente Boa. O grande encontro estava marcado para o sábado, dia 16 de março de 2024, às 11 horas, mas, à medida que foram chegando, outros lindos encontros foram acontecendo. Poços de Caldas virou um fervedouro, um burburinho e a energia de amor foi contagiando as pessoas de lá. Todos queriam saber do que se tratava, por qual motivo aquela gente se abraçava tanto, chorava tanto, ria tanto. Vale lembrar que todos os alunos usavam a camiseta da turma. Quando eram informadas de que naquela turma quase ninguém se conhecia pessoalmente, até duvidavam. Umas desejaram fazer parte, queriam matricular-se na Turma da 5ª Série, outras perguntaram se se tratava de uma igreja, porque houve oração de agradecimento por aquele momento e cantorias de amor oferecidas à anfitriã e à professora, que, mesmo ausente, se fazia presente.

E, por falar em igreja, um dos momentos mais bonitos aconteceu dentro da Igreja Matriz de Poços. Edna havia convidado todos para a Santa Missa das 18h30 da véspera do grande encontro. A intenção daquela celebração seria, dentre outras, a de colocar o nome dos nossos amores, vivos ou mortos, saudáveis ou adoecidos e rezarmos por eles para que possam seguir e viver os seus caminhos em paz. Falou-se muito de Ressurreição, mas da verdadeira ressurreição interna que Jesus nos ensinou por meio de sua própria experiência de vida e morte.

Havia em minhas mãos um cata-vento que representa a vida do meu amado filho Frederico. Meus colegas de classe já conhecem essa história e sabem que justamente por causa dela é que me matriculei nas aulas da professora Ana Cláudia. Estando o meu marido ao meu lado, seguramos aquele cata-vento juntos e oferecemos nossas melhores energias para o nosso filho morto e para os nossos outros filhos, o Gui e o Rique, que seguem vivos honrando a vida do irmão. Papai, mamãe, meu irmão Marcinho, meu sogro e todos os demais que tanto amamos estiveram em nossas orações.

Nas mãos da Edna depositei outro cata-vento. Pedi que segurasse como demonstração do nosso amor, meu e do Fefê, por ela e pelas tantas vezes que ela orou por nós para que conseguíssemos seguir na vida honrando a nossa história de dor e de amor. Desnecessário falar das muitas lágrimas que escorreram dos meus olhos durante aquela preciosa celebração. Ao final, aquela Gente Boa se reuniu aos pés do altar para se conhecer e se abraçar. A maioria pela primeira vez. Uma foto foi tirada para registrar um dos momentos mais lindos da Turma da 5ª Série. Um encontro que ficará gravado nos corações de cada um de nós, tenho certeza.

Após a Santa Missa fomos comer juntos, não necessariamente na mesma mesa, porque nenhuma mesa acomodaria tantos alunos. A algazarra da 5ª série era muita. Todos estavam extasiados com tamanha beleza daquele encontro tão sonhado. Compartilhamos o pão, o vinho, a água e muitas histórias de vida.

Eu ali, ao lado da Rô, uma Gente Boa lá de Poços, e os demais que na mesa estavam pudemos presenciar um momento lindo de viver. Um reencontro, obra do Sagrado, entre a querida Edna e seu amado sobrinho e afilhado Kenny Roger, 35 anos, que passava por ali vendendo doces. Foi emocionante vê-los se abraçando depois de anos sem se encontrarem e poder conhecer parte da história dele, da mãe, dos irmãos. Histórias duras demais. Daquelas que nos mostram o quanto devemos ser gratos por tudo aquilo que temos e recebemos da vida. Senti-me feliz e honrada por presenciar aquele bonito (re)encontro.

O restante da noite entre aqueles momentos vividos e os que ainda viveríamos no dia seguinte foi de um sono de grande leveza e gratidão. Estávamos todos abastecidos de muito amor e de muita fé.

Eis que o grande dia, aquele ansiado por todos, chegou brilhante e cheio de entusiasmo. A Turma levantou cedo e foi para a feira livre comer pastel e fazer compras no Mercado Municipal. Afinal, Minas Gerais é conhecida pelos seus tradicionais queijos, doces, cafés, quitandas, cachaças. O povo mineiro, hospitaleiro por natureza, encantou-se com aquela turma cheia de alegria que se vestia de girassóis e entrou na brincadeira.

— Prova um doce de leite com raspas de limão-siciliano — dizia o funcionário de uma banca.

— Prova este queijo Canastra — dizia outro.

— Quer provar nosso licor? — perguntava um jovem da banca em frente.

Da parte superior do mercadão, uma aluna, Cássia, chamava os demais colegas para provar um chope sabor Sonho de Valsa. Pode isso, minha gente?! Muitas fotos foram tiradas, muitos produtos foram consumidos ali mesmo e outros tantos embalados para viagem. O entusiasmo era contagiante, porém, era hora de seguir para o grande encontro.

O saguão do hotel que hospedou a maioria de nós foi tomado pelos alunos e por alguns familiares. Cada membro que chegava era recepcionado com seu crachá, com bombons Sonho de Valsa, com bloquinhos personalizados com a logo da Comunidade Gente Boa, mais bombons em forma de gotinha (de amor, óbvio), pipoquinhas doces, canetas, marcadores de páginas... Tudo isso preparado com muito esmero por algumas alunas. As mesas do restaurante, local da festa, estavam devidamente decoradas com guardanapos, também personalizados por outra aluna com imagens de girassóis (a nossa marca), e com canetinhas coloridas para que pudéssemos nos expressar nos forros de papel. A euforia era tamanha!

As "coordenadoras" do evento, também alunas, Ângela e Sueli, falaram bonito e deram início à festividade. Sentei-me mais ao fundo, de onde podia ver aquelas pessoas tão bonitas. Foi difícil conter a emoção ao me lembrar dos reais motivos que me fizeram chegar à Comunidade Gente Boa e, naquele momento, ir ao encontro daquelas mais de cinquenta pessoas. Lembrei-me da música "Aprendiz", cantada por Tim e Vanessa. O refrão diz o seguinte: "Minha dor me trouxe aqui pra entender a flor que brota em mim. Meu amor é aprendiz de um bem maior. Que seja assim, nesse vaivém, sei que voltarei pra cuidar da flor, pra acalmar a dor e ser feliz".

Ser feliz? Sim! O grande desafio desta vida é acalmar a dor e (re)aprender a ser feliz em meio à tristeza, e aquela turma muito me ensinava, muito me acolhia e eu estava vivendo aquele momento lindo junto de muitos deles. Os demais alunos que ali não puderam estar de corpo estavam de alma.

Emoção devidamente controlada para ouvir a anfitriã/homenageada, que, após ricas palavras de agradecimento e louvor pelas bênçãos daquele encontro, propôs a oração do Pai-Nosso e da Ave-Maria. Como se diz aqui nas Minas Gerais: *Eita trem bunitu, aquelas oração, sô!*

O momento seguinte reservava, também, grandes emoções. Karenn Ramísia, a dedicada e amorosa professora de primeiro ano do ensino fundamental de uma escola pública lá de Florianópolis, propôs a leitura de uma história que ela havia narrado aos seus alunos dois dias antes do nosso encontro, inclusive justificando a eles a ausência dela em sala de aula no dia seguinte. Era a história *A velhinha que dava nomes às coisas*. Enquanto ela lia e nos mostrava as ilustrações do livro, podia-se ver a emoção dos alunos da professora Ana Cláudia. O coração acabou de sair pela boca quando, ao final da leitura, ela nos mostrou as ilustrações que os próprios alunos fizeram como presente para a Edna, que veio de tão longe. Que coisa mais linda! Quanto amor havia em cada desenho, em cada cor, em cada coraçãozinho cuidadosamente desenhado. Que pureza d'alma!

Os alunos da primeira série da Prof. Karenn é que ensinavam aos alunos da quinta série da Prof. Ana Cláudia.

Coração de volta ao peito, pausa no chororô, houve cantoria coletiva, parabéns para uma aluna aniversariante (mamãe também aniversariava em 16 de março), mais comilanças mineiras, foto oficial, mais abraços e muitas, muitas trocas de tristes, porém belas histórias reais de vida e morte.

A história narrada pela Karenn trazia justamente essa temática: histórias lindas de viver, envelhecer e morrer – uma similaridade à narrativa da dra. Ana Cláudia Quintana Arantes, nossa professora, nossa mestra, nossa amiga. Ana, além de ser uma excelente médica, é também uma engenheira que constrói "pontes" que possibilitam grandes atravessamentos e grandes encontros.

Fazendo uma última analogia, dessa vez aos muitos cristais produzidos lá em Poços de Caldas e que eu ansiava ver serem soprados e ganharem forma, penso que nós somos como eles: a vida vai nos submetendo a altíssimas temperaturas e vai nos soprando e moldando conforme o plano de Deus. Somos aprendizes e cada um suporta aquilo que consegue e vai, ao longo da vida, ganhando diferentes formas. Uns se quebram, outros ganham cor, vários enfeitam, muitos seguem trincados, mas todos permanecemos cristais em essência.

Os alunos da Turma da 5ª Série da Prof. Ana Cláudia, por sua vez, foram sendo modelados nesses últimos anos de convívio e ganharam a forma de Girassóis de Cristal – frágeis, mas de uma beleza surreal.

Uberlândia, 19 de março de 2024.

ROCK NA PEDREIRA

Ser capaz de sonhar mesmo quando se é desafiado pela vida é dizer sim a ela, diria Frankl.

Celso sonhava realizar um show de rock dentro de uma pedreira. Isso era coisa antiga, desde quando Fefê era criança. Ele próprio idealizava o evento com o pai porque a banda de rock escolhida era a sua preferida. A música sempre lhe encheu ouvidos, corpo e coração. Não à toa, tornou-se dançarino de sapateado. Ele produzia música com os pés.

A pedreira, localizada nos arredores de Uberlândia, é um espaço de exploração de rochas de basalto que, após detonado e quebrado mecanicamente, transforma-se em britas para asfalto e construção civil. Por causa dos longos anos de extração, formou-se um cânion largo e profundo com retos paredões de aproximadamente vinte metros de altura.

Difícil descrever em palavras a dimensão e beleza da pedreira. Ainda que formada a partir de explosões, portanto de destruição, é um lugar bonito. Os altos paredões exibem blocos de pedras, às vezes pontiagudas, noutras retas, que variam do preto ao cinza. A depender do local e luminosidade, suas cores vão do cinza ao verde. Delas brotam fios de água que formam uma fina cachoeira. Parece até que choram a agressão sofrida. Porém, é um choro velado, pois o som dentro do cânion não se propaga. Alguns pequenos arbustos tombam do alto dos paredões; a vida teima em mostrar-se. O sol ilumina parte desses e faz sombra noutros. Ao se pôr, avisa que é hora das máquinas e trabalhadores silenciarem porque o escuro absoluto se aproxima.

A pedreira fascina por sua dualidade. Há beleza na aridez. Acho que por isso Celso sonhava aquele sonho louco. Talvez quisesse dar vida e alegria àqueles mudos paredões.

Desde antes de Frederico nascer fazemos parte de um grupo de amantes do *off-road* que se intitula Clube do Jipe de Uberlândia. Fefê fez sua primeira trilha de jipe quando tinha pouco mais de dois anos. Nesse dia eu não fui, mas Celso conta que, ao passarem por um riacho, pararam e desceram do jipe para descanso e lanche breves. Tirou as botinhas de Fefê, colocou-o sentado sobre uma pedra com os pés n'água para que pudesse se refrescar. Com a carinha mais feliz do mundo, suspirou e disse: "Ê vida boa!".

Todos que ali estavam, inclusive Gui e Rique, riram muito da espontaneidade dele. Fefê era um jipeirinho nato e adorava os passeios pela natureza.

Por diversas vezes fomos passear de jipe dentro da pedreira, propriedade de um amigo, também jipeiro. Lá montávamos tendas, churrasqueira, mesas, cadeiras e passávamos tardes de sábado em companhia dos amigos. Enquanto os adultos trocavam ideias sobre trilhas, passeios, expedições, ações sociais etc., nossos filhos, crianças e adolescentes, corriam e brincavam nas poças d'água que se formavam pelas chuvas ou que brotavam do solo e das rochas.

Os anos passaram, as crianças cresceram, novos integrantes foram chegando ao Clube, aumentando a "família dos jipeiros", e Celso continuava sonhando com o Rock na Pedreira. Fefê, mesmo crescido, permanecia um entusiasta dos planos do pai, dos jipeiros e de quem quer que tivesse planos que o incluíssem.

Em janeiro de 2015 viajamos, num comboio de trinta jipeiros, para o Deserto de Atacama, no Chile. Estávamos em vinte e três adultos e sete jovens. Fefê, com catorze anos, era o mais novo. Estava sempre de bom humor e muito feliz de poder viajar e conhecer lugares tão icônicos. Viajar era uma de suas preferências. A minha também.

Um dia, porém, houve uma "explosão" no seio da nossa família que, por consequência, atingiu todos à nossa volta: Fefê adoeceu inesperada e gravemente. Durante os cento e doze dias de sua internação tivemos o apoio incondicional da família, de sangue e de aventuras, dos amigos, colegas, conhecidos... Na morte dele, da mesma maneira. Os estilhaços decorrentes daquela fatalidade atingiram quem estava perto e longe. Estávamos, todos, arrasados, despedaçados.

Após a morte dele, Celso não falou mais no rock, tampouco em sonhos. Parece que nada mais fazia sentido, pois de tudo o que fazíamos Fefê participava, ajudava, sonhava junto. Guilherme e Henrique também, mas, como já eram adultos, estavam cursando faculdade, trabalhando e namorando, quem mais nos fazia companhia nas viagens, eventos e festas era Fefê.

Mas, você deve estar se perguntando, o que o rock e os sonhos têm a ver com luto, sobrevivência, com cura?

Eu lhe garanto que muito!

Meses após completar um ano da morte dele, quando nossas vidas pareciam retomar, minimamente, seu curso, fomos assolados pela pandemia. A morte de Fefê era muito recente e a ameaça do adoecimento de outro de nós nos assombrava, mas precisávamos manter a sanidade emocional. Eventualmente, Celso e eu saíamos para um passeio na natureza, um banho de cachoeira para distrair e tentar esquecer as agruras da vida. Em nossos corações, levávamos Fefê para passear conosco.

Aos poucos, fomos sabendo da morte por covid de algum desconhecido, depois já eram pessoas do nosso convívio. Um amigo muito próximo, dos mais antigos integrantes do Clube do Jipe, faleceu no primeiro ano; outro, que há anos fazia churrascos para a turma de jipeiros, morreu logo em seguida. A morte era vizinha de qualquer um e o luto passou a ser universal. Impossível descrever o que foi aquele período e o quanto o mundo sofreu.

Felizmente, a pandemia começou a arrefecer, as vacinas chegaram e pudemos respirar um pouco mais aliviados.

A realidade dos últimos anos, adoecimento, morte e luto, pessoal e coletivo, havia nos devastado, mas precisávamos voltar a ter esperança em dias melhores. Ansiávamos encontrar algo que desse sentido às nossas vidas após as duras experiências. Voltar a sonhar parecia um bom começo. Sonhar juntos, então, seria maravilhoso.

Celso voltou a sonhar com o Rock na Pedreira. Ele precisava. Nós também.

Raul Seixas já dizia que sonho que se sonha só é só um sonho que se sonha só, mas sonho que se sonha junto é realidade. Eu abracei o sonho dele, estava na hora de realizá-lo.

Os amigos jipeiros, sabendo daquele velho sonho e felizes por nos ver seguindo a despeito da falta que Fefê fazia, abraçaram a ideia.

Abraços. Como ansiávamos por voltar ao tempo passado, quando Fefê nos abraçava demoradamente e sonhava nossos sonhos e nós, os dele! Não sendo possível, desejamos outros abraços, o contato físico, os (re)encontros. A pedreira esperava, há anos, por aquela gente louca por jipe, louca por rock, louca por vida.

De um monte de pedras rolantes ressurgia um sonho mais concreto que elas próprias – uma utopia. O Rock na Pedreira tornava-se realidade.

A data seria novembro, mês de ressignificar a vida. As bandas foram contratadas. Uma delas, em especial, era a preferida de Fefê. Parceiros foram convidados para comercializar bebidas e comidas. Os jipeiros iriam em seus veículos 4x4, afinal comemoraríamos vinte e cinco anos da fundação do Clube do Jipe de Uberlândia. A força-tarefa foi muita, pois não havia nenhuma estrutura dentro daquele cânion, apenas montes de rochas já britadas.

Aquele sonho maluco teve o apoio de pessoas igualmente malucas. Além dos jipeiros, os parentes e amigos simpatizantes do *off-road* foram convidados, estaríamos em família. Uma grande família por sinal, aproximadamente trezentas pessoas. A euforia era geral, afinal ninguém tinha vivido algo similar.

Na da véspera, uma sexta-feira, o evento começou a ser montado.

À frente, um palco elevado feito de pedras e britas. Uma grande tenda foi montada para abrigar bandas e equipamentos. À sua esquerda, uma retroescavadeira sustentava um gigantesco telão que reproduziria imagens das muitas aventuras dos jipeiros naqueles 25 anos. À direita do palco, um Troller amarelo com faróis acesos lembraria o público de que aquele não era um local para qualquer veículo. Aquele, também, não era local para qualquer um. Era lugar para quem, com coragem, trilhava os caminhos pedregosos da vida; caminhos que demandavam uma força extra para serem transpostos.

Ao fundo, paredões de vinte metros de altura de onde escorriam lágrimas, digo, água. Para deixá-los ainda mais icônicos, luzes coloridas foram projetadas para dar cor aos fios d'água. Não havia energia elétrica, exceto a produzida por geradores. Em compensação, havia outra abundante energia. Era possível senti-la no ar, na natureza, nos paredões que circundavam o cânion, no rosto das pessoas, na beleza das luzes...

Em frente ao palco, um espaço amplo para o público. Bistrôs feitos a partir de pneus usados e amontoados foram espalhados ali para que se pudesse apoiar bebidas e petiscos.

Ao fundo, tendas que abrigavam uma improvisada praça de alimentação.

De um lado mais discreto os banheiros químicos, do outro uma fila de jipes decorando e fechando o espaço reservado ao evento.

Por se tratar de um espaço incomum e por ser noite, apenas jipeiros experientes poderiam descer em seus 4x4. O acesso dos demais convidados, desde a entrada até o fundo da pedreira, cerca de oitocentos metros em descida, seria feito por vans contratadas para tal.

Enfim, era 27 de novembro de 2021. O grande dia chegou com muita chuva. Parecia que toda a água do céu cairia em um único dia. Celso entristeceu: estava tudo perdido. Eu, tranquila, afirmei que havíamos feito o nosso melhor e sobre a natureza e o futuro não tínhamos nenhum controle. Assim como a chuva chegou, da mesma forma, ela poderia ir. Precisávamos, todos, de liberdade para não só aceitar o que o tempo trouxesse, mas para congregar, dançar, secos ou molhados, celebrar o fim de uma pandemia mundial e um recomeço de vida. Ansiávamos por aquela liberdade. Naquela época, já estávamos vacinados e a pandemia estava sob controle.

A chuva passou, a tarde foi clara e fresca e o restante da estrutura foi montada.

Às dezessete horas as pessoas começaram a chegar. Além de assistirem ao pôr do sol, puderam ver todo o arranjo montado lá embaixo, dentro do buraco. A passagem desde o topo da pedreira até o fundo foi delimitada por tambores e tochas que iluminavam o caminho. Os convidados, entorpecidos, atravessavam um portal onírico e entravam num sonho.

O sonho de Celso. Fefê, seu assistente de palco.

Ninguém acreditava no que via. Estávamos, todos, carentes de algo que desse sentido às nossas vidas depois de tanto sofrimento. Pode parecer pouco, mas quem disse que àquela altura precisávamos de muito? Precisávamos apenas uns dos outros e dos abraços há muito proibidos.

A noite foi tomando o lugar do dia. A primeira banda trazia uma celebração ao Queen. Relembrando com saudade Freddie Mercury, olhei para o céu. Toda a pedreira estava emoldurada por grossas nuvens de chuva. Ao centro, num céu absurdamente escuro, viam-se poucas estrelas. Uma, em especial, chamou minha atenção porque brilhava mais. Naquele momento, lembrei-me de como o meu Fred adoraria estar ali conosco e, copiosamente, chorei. Os amigos, vendo a minha emoção, me abraçaram e choraram juntos a minha dor e a minha saudade.

Mais tarde, ainda com olhos de cachoeira, olhei novamente para o céu. Ele já não era mais escuro, estava iluminado pelas estrelas. Eu também me sentia menos escura. Olhando para aquela mais brilhante, pedi ao Fefê que se divertisse conosco. Havíamos abraçado aquele sonho maluco de papai por todos nós, pois precisávamos de alguma distração e alegria. Conhecendo Fefê como eu conhecia, acredito que o Rock no Céu foi igualmente extasiante.

Estávamos todos em arroubo. Para onde se olhava via-se alegria, euforia, brindes, abraços. Sentíamos uma energia ímpar tomando conta das pessoas, do lugar e do céu. Era surreal o que vivíamos.

Minutos antes da banda principal iniciar o show mais esperado do Rock na Pedreira, eu e Celso subimos no palco para os agradecimentos. Antes, porém, nos bastidores, entreguei um pequeno cata-vento colorido ao vocalista e pedi-lhe que tocasse uma música especialmente para Fefê. Eu saberia qual e cantaria junto.

Celso, muito emocionado, agradeceu a presença de todos e também por ajudá-lo a realizar aquele velho sonho. O Rock na Pedreira era uma realidade, que aproveitássemos ao máximo!

Fomos embalados pelas músicas de Bon Jovi, Coldplay, Beatles, U2, Aerosmith, The Killers, Oasis, The Strokes, Creedence, The Verve, Rod Stewart, R.E.M., Legião Urbana, Skank, Cazuza, Jota Quest, Titãs e muitos outros artistas.

De repente, comecei a ouvir a música dedicada ao Fefê. A banda tocava "Bitter Sweet Symphony".[1] Aquela era a música que Fefê cantava com Guilherme quando era adolescente. Há um vídeo dos dois cantando, rindo e se divertindo. Sempre que consigo, revejo-o para tentar matar um pouco a saudade dele.

Assim que ouvi os primeiros acordes, comecei a cantar e chorar. Nesse momento fui abruptamente arrastada pela minha cunhada, Juliana. Ela me mostrava imagens de Fefê e de nós, a sua família, no enorme telão dependurado na retroescavadeira. Celso me abraçou por trás e, vendo a surpresa que ela e o vocalista da banda haviam preparado para nós, choramos. Quando pedi a ele que tocasse uma música para Fefê, a homenagem já havia sido pensada dias antes pela Juliana, mas nem desconfiei. Enquanto as imagens dele eram reproduzidas e ouvia-se a música, procurei por Gui, Lívia e Rique.

---

1   Da banda britânica The Verve, a canção é, ironicamente, uma reflexão profunda sobre a condição humana e a busca por sentido em meio às contradições da vida. Como o próprio nome indica, a música é sobre uma "sinfonia agridoce", isto é, algo que é doce e amargo, bom e ruim, prazeroso e desconfortável, tudo ao mesmo tempo.

Vi que eles eram amparados e abraçados pelos muitos amigos que também choravam ao ver Fefê no telão.

Chorei todas aquelas águas do céu que ameaçavam cair. Eram lágrimas de saudade, de compaixão, de morte, mas, também, de alegria e vida. Elas eram tantas que molharam tudo. E, apesar dos olhos em transbordamento, consegui enxergar um objeto que brilhava e rodopiava preso à bateria. Era o cata-vento. Naquele momento eu vi além, eu senti grande, eu me conectei por inteiro à energia daquele lugar, daquelas vozes e instrumentos que cantavam e tocavam uma sinfonia agridoce oferecida ao Frederico. Lembro-me de ser abraçada e acolhida por seres de luz. A maioria deles nos abraçara, também, no dia da morte de Fefê. Éramos uma família.

Finalmente, quando todos, arrebatados pela energia de amor que pairava no ar, começaram a se abraçar ao som daquela linda e doce sinfonia, não vi mais nada porque meus olhos não saíam daquela estrela maior que piscava para mim.

Havíamos transcendido pela euforia e naquela experiência pudemos, todos, abraçar Fefê, senti-lo próximo, vivo.

No dia seguinte, acordei extasiada e, aos poucos, fui me dando conta de que aquilo que vivemos não tinha sido um sonho como me pareceu. Era verdade, porém uma mágica tinha se dado: um portal de cura havia sido atravessado porque não desistimos de nós. Eu e Celso nos sentíamos vivos e fortalecidos para seguir caminhando e sustentando nossos filhos, pois não estávamos sós. Nunca estivemos.

CANTO

Cantar.

Desde 2022 essa terapia tem curado a dor do meu coração e da minh'alma.

Uma verdadeira catarse acontece quando canto. Às vezes, a depender da música, choro muito; um choro de lembranças e de certa melancolia. Também, de liberdade e permissão para ser feliz. Dizem que lágrimas são o amor líquido e o meu amor tem transbordado. Ouso cantar para e por aqueles cujas vozes não ouço mais.

Sem música, a vida seria um erro, bem disse o filósofo Nietzsche. E ela me transporta para um lugar de profunda paz e calmaria que eu não sabia existir em mim. Cantar tem sido um acerto, um remédio para essa minha dor crônica – a dor da "faltura" e da saudade. Curo-as cantando.

O meu canto não tem a pretensão de encantar ninguém a não ser a mim mesma. Ainda assim, participo dos "laboratórios de performances vocais" promovidos pelo meu professor e, com muita alegria e coragem, me apresento para meus colegas, familiares e amigos. Parafraseando Oswaldo Montenegro, que vocês perdoem a minha loucura porque metade de mim é amor e a outra é saudade. Ambos ocupam um espaço tão intenso dentro de mim que, obrigatória e amorosamente, precisam sair. Cantar me possibilita esse transbordamento e dá sentido à minha vida.

Transformar a dor em arte e andar por ela como caminho é uma escolha, me ensina a dra. Ana Cláudia Quintana Arantes. Foi ela quem, indiretamente, me convenceu a fazer aulas de canto. Além de uma terapia lúdica, cantar fortalece o cérebro contra demências, o Alzheimer por exemplo. Diz ela:

> É possível fortalecer o cérebro para driblar a doença, de tal modo que, mesmo que venhamos a desenvolver Alzheimer, nossos neurônios resolverão o problema, ou parte dele, sem demandar grande esforço da nossa parte; talvez sem nem percebermos o que está acontecendo. Quando obtemos sucesso nessa empreitada, o impacto da doença na nossa vida diminui [...] O segredo para fortalecer o cérebro é *aprender*. A idade não pode nem deve ser desculpa: temos condições de aprender em qualquer fase da vida [...] O aprendizado é uma chuva de rejuvenescimento para o cérebro. Aprender nos presenteia com a possibilidade de criar conexões mais numerosas entre os neurônios, tornando o pensamento mais potente [...] O melhor recurso para desenvolver conexões cerebrais é a música. Quando aprendemos a tocar um instrumento musical, nosso cérebro pratica outra linguagem, associada à escuta. A música "ocupa" uma região cerebral que o Alzheimer não alcança e pode se tornar a nossa conexão com o mundo caso tenhamos a doença. Ela nos coloca novamente on-line com as pessoas ao nosso redor. (Arantes, 2021, p. 41)

Os benefícios não param por aí. Cantar protege o aparelho fonador e na velhice pode nos poupar da necessidade de uma sonda de alimentação introduzida pelo nariz ou de uma gastrostomia, que é a inserção da mesma sonda por um orifício na altura do estômago. Isso porque pessoas que exercitam a voz e a utilizam no canto conseguem manter a firmeza da musculatura na região da garganta quando o envelhecimento traz os perigosos engasgos.

Eu estou envelhecendo, mas não quero morrer pela voz. E a minha decisão interior, a despeito de todo sofrimento que vivencio, é de que eu posso e quero ser mais forte que o meu destino externo e inevitável. E no cantar, bem ou mal, vou (re)encontrando sentido de vida. Enquanto fortaleço as minhas cordas vocais, fortaleço também o meu ser. Desejo que minha voz ecoe. Ecoe coragem.

Colocar a música no volume mais alto, cantar e acolher a dor tem sido, para mim, uma permissão e um atravessamento para esses tempos difíceis. O canto me chama de volta à vida. Ele é transforma-dor.

Posso afirmar com leveza e contentamento que sou mais feliz cantando. Afinal, reza o ditado popular que quem canta seus males espanta! Quem escreve também, eu garanto. O próprio Frankl dizia que a coragem da confissão eleva o valor do testemunho.

A propósito, após minhas primeiras aulas de canto, escrevi uma crônica intitulada "Cura-dor", um pot-pourri de trechos de músicas e poesias que me representam e ajudam a curar a dor que me habita. Escrever sobre as sensações que algumas experiências me despertam é uma forma de canto. Aquele canto que me encanta e me faz seguir.

CURA-DOR

Havia vontade em mim para cantar, era um velho sonho.
O amor a mim e aos que vivem em mim me convocava.
Não pude fugir, pois "em mim convivem vozes
que convocam cantos de coragem".[2]
Disseram-me que a minha habilidade para o canto poderia
ser construída e que a minha coragem já estava pronta.
Aceitei o desafio.
Uma certa canção tocava meu coração,
sentia que ela poderia se tornar a minha Oração.
Poderia ser o canto de todo um povo que sente saudade.
Saudade que fica daquilo/daquele que não fica.
A voz trêmula e engasgada precisava sair.

---

2   André Gravatá.

E ela saiu...
Foi numa tarde, quando "a terra cora e a
gente chora porque finda a tarde".[3]
Com ela, a tarde, findava também uma parte
importante de mim, de nós – um irmão.
E eu chorava.
Mais uma parte de mim seria sepultada e
eu precisava seguir, uma vez mais.
O meu canto seria um grito de cura.
Cura-dor.
Cantei...
"Quando eu soltar a minha voz, por favor entenda...
Que palavra por palavra eis aqui uma pessoa se entregando.
Coração na boca, peito aberto, vou sangrando.
São as lutas dessa nossa vida, que eu estou cantando.
[...]
E se eu chorar e o sal molhar o meu sorriso, não se espante,
cante, que o seu canto é a minha força pra cantar."[4]
Força?
Uma vez mais, precisei buscá-la dentro.
Dentro do peito, não da garganta, porque ali,
entalado, morava, agora, o meu coração.
Busquei-a n'alma, nas lembranças de um tempo distante onde
morava uma menina corajosa que, impulsionada pelas mãos
daquele seu irmão, que ora morria, balançava bem alto nos
galhos de uma flamboyant, no jardim da casa de sua infância.
A voz embargada da criança crescida
cantou canções para si e para os seus.
Hoje, ela continua cantando.
E se encantando.
En-canta-dor.

---

3   "Canto de um povo de um lugar", Caetano Veloso.
4   "Sangrando", Gonzaguinha.

PEREGRINAÇÃO

Peregrinar em busca de uma experiência de cura pela fé. A necessidade dessa prática me chamava.

Muitas vezes é preciso se afastar da rotina, do lugar-comum, dos desafios para olhá-los de longe e tentar entendê-los e, quiçá, aceitá-los. O distanciamento possibilita novas perspectivas. Se for em meio à natureza, tanto melhor.

Logo após lançar meu livro, mais precisamente em fevereiro de 2020, eu sentia muita necessidade de estar só, de elaborar tudo o que havia acontecido desde o adoecimento de Fefê. Escrever e lançar *Cata-vento* havia me ocupado e isso era curativo, mas, também, cansativo. Eu estava relativamente bem, mas sentia que precisava vivenciar o luto de maneira mais introspectiva.

Soube que uma amiga havia feito uma peregrinação na Chapada Diamantina, Bahia, meses antes e isso me atraiu por demais. Após conversar com ela e saber mais detalhes, convidei minha cunhada e quase irmã Juliana para, juntas, percorrermos aquele caminho de cura. A próxima peregrinação aconteceria em novembro. Justamente no mês de morte de Fefê e de minha mãe, época em que eu precisaria de mais fé para os meus dias. Eu havia feito a promessa a mim mesma de que novembro seria mês de (re)nascimento.

Juliana aceitou meu chamado e nos inscrevemos com entusiasmo. A peregrinação seria dali a nove meses e nesse prazo nos prepararíamos fisicamente para os cinco dias de caminhada pelos vales e pelas altas montanhas da Chapada Diamantina. Havíamos sido informadas do grau de dificuldade da peregrinação e, assim mesmo, não nos intimidamos.

Os nossos planos e entusiasmo, porém, duraram pouco tempo. Um mês após nos inscrevermos, a pandemia chegou. Nós, como a grande maioria, não acreditamos que ela duraria tanto tempo e que ficaríamos impossibilitadas de qualquer viagem, passeio, encontro, festa... Três meses se passaram e foram suficientes para nos darmos conta de que aquele sonho teria de ser adiado. A própria organização da peregrinação já falava no adiamento. Logo, fomos ressarcidas, mas não vencidas.

Dois longos e difíceis anos de pandemia se passaram e, finalmente, em novembro de 2022, eu e Juliana viajamos mil e quinhentos quilômetros para podermos estar mais perto de nós mesmas. Aquele era o momento certo para estarmos lá e percorrermos caminhos de silêncio para dentro de nós.

Como dito noutra passagem, sempre que vivo uma experiência que julgo digna de ser contada e recordada, escrevo sobre ela. Tão logo retornamos da peregrinação, escrevi "Estrada eu sou". Ao final deste relato, contarei sobre os sentimentos pós-viagem.

Por ora, convido você para percorrer comigo essa estrada de cura!

ESTRADA EU SOU

*"Essa noite eu tive um sonho de sonhador
Maluco que sou, eu sonhei..."*

(Raul Seixas)

Sonhei que viajava para um lugar distante, de nome Chapada Diamantina, e, mais especificamente, para um vale conhecido como Vale do Capão. Lá, havia uma Pousada – a Villa Lagoa das Cores –, lindamente sonhada, construída e conduzida por

Vânia e Marcos, dois seres de muita luz. Lembro-me de percorrer, dentro da área da pousada, lindos caminhos que me levavam a mirantes, jardins, portais, labirintos, espaços de meditação, de contemplação e a um espaço muito especial, a Casa Flor de Lótus.

O chamado para que eu entrasse naquele espaço sagrado era forte porque sentia que ele me levaria, de alguma forma, ao Caminho Real do (meu) Coração.

Não hesitei, entrei!

E, para minha alegria, lá encontrei outras dez pessoas que, assim como eu, buscavam percorrer um caminho para dentro de si. Seria uma Jornada Iniciática e caminhar com "o outro" seria uma forma de sustentação, uma forma de possibilitar a jornada. Para facilitar o processo contaríamos com os tais seres de luz que mencionei anteriormente, e também com dois experientes guias daquelas terras tão tão distantes. Ali, naquele momento, formava-se uma irmandade que sairia em peregrinação por vales, chapadas, matas, rios, cachoeiras, cavernas e montanhas que, de tão altas e majestosas, alcançavam o céu.

Aquilo tudo parecia mágico e, de fato, era. Estávamos de acordo que nós havíamos escolhido percorrer aquele caminho e que o faríamos com responsabilidade, coragem e gratidão pela oportunidade de viver um sonho, um desejo dos nossos corações. Em breve partiríamos e, para tanto, precisaríamos de alimentos, alguns objetos pessoais e de proteção que seriam levados por cada um, em sua própria mochila. E como bem diz o poeta, cada um sabe a dor e a delícia de ser o que é e dos pesos que carrega vida afora, uns necessários, outros não. Preparamo-nos com êxtase e, num passe de mágica, amanheceu.

Partimos em peregrinação!

Havia chovido na noite anterior e o caminho poderia estar escorregadio, os riachos cheios, poderíamos encontrar obstáculos. Portanto, deveríamos ter atenção plena. Estávamos preparados física e psicologicamente e tínhamos uns aos outros para nos amparar. Assim, como bons peregrinos, seguimos em fila indiana.

Cada um observando o passo daquele que ia à sua frente, mas no compasso do seu próprio coração.

À medida que eu avançava, o caminho se abria à minha frente. Levava comigo naquela mochila e naquela jornada alguns objetos especiais que representavam as pessoas que amo e que eu gostaria que estivessem caminhando comigo. No meu coração eu levava meus antepassados, meus irmãos e familiares, meu marido, meus filhos, meus amigos. Nas costas, junto à mochila, um Cata-vento que girava e me impulsionava a seguir adiante, na peregrinação e na vida.

Assim segui...

Ora na frente, ora no meio, ora por último, ora no silêncio, ora em risadas, ora em choro, mas sempre no fluxo, na presença, na coragem e na certeza de que estava no lugar certo, na hora certa, com as pessoas certas. A cada passada eu honrava o privilégio de viver aquele momento.

Atravessamos riachos, subimos estradas, contemplamos imensos morrões, rios claros, matas, tropeçamos, caímos e levantamos, nadamos, lanchamos, subimos um imenso paredão de pedras – o Morro do Pai Inácio – para contemplar, lá de cima, o horizonte distante, a grandiosidade da natureza, o tamanho da obra de Deus.

Era tardinha, o dia estava limpo, o vento soprou leve a minha face, um Anjo de Luz me lembrava que eu mesma tinha asas e pediu que eu fechasse meus olhos para poder senti-las, que elas poderiam me levar para outros tempos, outros lugares.

E levaram...

Recordei-me da Cachoeira da Fumaça que eu havia visitado dois dias antes de iniciarmos a peregrinação. Ela brota de um vão no meio da rocha, por onde o riacho da Fumaça percorre de forma sorrateira, e cai majestosa de uma altura de 380 metros. À sua volta apenas um imenso e quase inacessível cânion. Para avistar o poço formado por sua queda, há que se deitar sobre uma pedra suspensa e ir rastejando até sua ponta. A visão que se tem é de tirar o fôlego e as grossas lágrimas que escorrem dos olhos ajudam a encher o poço lá embaixo.

Depois de descer o Morro do Pai Inácio, "viajamos" para as terras da distante Guiné, um pequeno vilarejo no Vale do Pati, onde pudemos nos hospedar e descansar para os desafios do dia seguinte. Havíamos sido avisados de que o dia seria longo e desafiador e que viveríamos um caminho sem volta ou, ao menos, sem uma volta rápida. Só se chega ao Vale do Pati a pé ou no lombo de mulas, não há estradas, apenas trilhas.

Aceitamos o desafio!

Na manhã seguinte, lá estávamos nós, firmes no propósito de percorrer novos e difíceis caminhos, mas havia também a promessa de que viveríamos experiências ímpares.

A subida íngreme e pedregosa foi nos roubando o fôlego, mas nos levando cada vez mais alto e nos permitindo a visão dos vales. Ela também nos levava para dentro de nós, onde encontrávamos força e coragem para seguir adiante.

Atravessamos as Gerais do Rio Preto, nadamos e nos deixamos levar pelo fluxo das suas águas sem nos debatermos contra a correnteza. Cada um de nós ali, no seu silêncio, no seu compasso, no seu momento e nas partilhas de vida, se deixou levar. Em sintonia, fomos construindo nossos caminhos. Rimos muito também porque sabemos que o riso nos salva e nos reabastece.

Seguimos...

Mais subidas, descidas, escorregadelas, belas paisagens, uma pequena cachoeira barulhenta à direita. Caminhando em nobre silêncio, ouvíamos os nossos próprios passos, os cantos dos pássaros, o soprar dos ventos, as batidas do coração. Juntos, ancorados uns aos outros, fomos vencendo obstáculos, cansaço, medos. E foi juntos, também, como num passe de mágica, que tivemos a mais bela visão de todo aquele paraíso natural – o Vale do Pati.

Meus olhos não acreditavam no que viam. Um portal se abriu diante dos meus olhos e arrebatou todo o meu ser. As lágrimas ofuscaram a visão e o coração disparou. Precisei restabelecer o fôlego, limpar os olhos, respirar profundamente, trazer o coração de volta ao peito. Ali, na imensidão à minha frente, eu sentia a essência invisível e sutil.

Chorei um choro de júbilo e de gratidão ao mesmo tempo que ouvia: "Filha, através dos seus olhos, todos que você carrega consigo e todos os demais podem ver o mesmo que você vê neste exato momento, apenas sinta!".

Senti plenitude, senti unicidade. O Sagrado que habita em mim saudava o Sagrado que habita todo o Universo por meio dos meus olhos e vice-versa. Ajoelhei, recostei minha testa na mãe Terra e agradeci pela vida, pelo privilégio de ter olhos, coração e consciência que enxergam além. Uma imensa paz tomou conta de mim e voltei a contemplar a imensidão da obra divina.

Ao longe, majestosas montanhas meditavam, vales se estendiam e as trilhas no meio das matas nos convidavam a percorrê-las em harmonia e respeito. Aceitamos o convite e começamos a descer do mirante. Uma descida íngreme, difícil, perigosa, mas possível. Afinal, era a única opção, e estávamos todos abastecidos da paz e coragem necessárias.

Um dos guias descia à nossa frente, avaliava a melhor pisada e nos orientava. No meio da fila, outro guia; logo atrás, Vânia nos lembrava que éramos capazes, e pra fechar e assegurar que todos estivessem seguros, Marcos. Ele pareceu-me um condutor de rebanhos, sempre ali no final da fila, observando, conduzindo e garantindo a segurança do grupo.

Em confiança, seguimos nossa peregrinação até chegarmos, depois de um dia inteiro de sobe e desce, de desafios e de maravilhamento, à Casa do Sr. Wilson, uma pousada simples, bem no meio do vale, porém extremamente aconchegante. Banho frio para potencializar a energia, comida farta e saborosa, partilhas, risadas, choros, agradecimentos, meditação e uma cama quentinha que nos proporcionou um sono reparador.

Os dois dias seguintes foram de muita aventura, conforme já se esperava. Mais trilhas, banhos de cachoeira, quedas, superações e, talvez, o momento mais desafiador: a subida/escalada "quase" impossível de 1.500 metros até o topo do Morro do Castelo depois de uma noite de chuva. Mas nós, malucos que somos, ansiávamos por aquele momento e nossos Anjos Guardiões, após deliberarem entre si sobre os prós e contras da subida, decidiram que partiríamos em breve para a conquista do Castelo. Estávamos, uma vez mais, prontos para o desafio.

Enquanto subia, em silêncio e em atenção plena, ouvindo e observando a natureza, fui refletindo...

A vida é cheia de alegrias e tristezas, quedas e avanços, desafios e superações, chegadas e partidas – uma constante dualidade. Porém, mais importante que o caminho que se nos apresenta ou que escolhemos percorrer por livre-arbítrio é "como" decidimos percorrê-lo.

Cora Coralina nos lembra que:

"Mesmo quando tudo parece desabar,
  cabe a mim decidir entre rir ou chorar,
  ir ou ficar, desistir ou lutar,
  porque descobri (mos), no caminho incerto da vida,
  que o mais importante é o decidir".

Somos feitos de escolhas e decisões e eu havia decidido estar ali, percorrendo passos externos e internos de cura, e deveria fazer valer todo o meu esforço. Apesar das dores do mundo, eu escolhi viver para honrar a vida que recebi dos meus pais e as vidas que gerei. Enquanto subia, respirava forte e ganhava mais força, mais inspiração e mais vida.

Ao alcançar a porta de entrada do castelo e atravessar uma caverna de oitocentos metros de comprimento, eu senti que havia renascido. Uma espécie de parto havia acontecido sem que eu percebesse. As portas da caverna me pariram e eu ganhei vida nova. Pus-me a contemplar, lá da torre do castelo, juntamente com os meus irmãos de peregrinação, o reino em que vivemos e muitas vezes não percebemos, porque não estamos atentos ao "presente" que recebemos do Senhor da vida. Senti grande e minhas lágrimas, uma vez mais, molharam tudo.

Apesar de toda a emoção vivida e de me sentir renovada, a descida foi outro desafio. Mas para quem alcançou o ponto mais alto do Pati nada mais parecia impossível. Na verdade, chega um momento em que você nem sabe mais o que é fácil e o que é difícil. Esses conceitos são relativizados à medida que se vive o processo. O fato é que havíamos conquistado, juntos, a torre do castelo e nenhum soldado ou crença limitadora havia nos impedido de fazê-lo. Sentimo-nos como reis! E a nossa coroa estava sendo construída, peça por peça, pedra por pedra, pisada por pisada, e a promessa é de que a receberíamos com a conquista total do reino do coração. Para tanto, faltava, ainda, o dia final.

O dia final, porém, reservou-nos uma "surpresa": chuva. Aquilo me pareceu familiar. Empreendemos o caminho de volta debaixo de chuva. Quem não havia caído até então certamente cairia, como me aconteceu. Quedas leves, sem consequências. Atenção redobrada, pisadas firmes, bastão em punho para ajudar a descer as trilhas que mais pareciam tobogãs. A subida ao mirante do Pati parecia mais uma cachoeira. A escadaria natural de pedras quase se escondia sob a água da chuva que havia caído durante toda a noite e até aquela hora em que começamos a subi-la. Eu, particularmente, só olhava o degrau seguinte. Olhar para cima e ver o que faltava ser percorrido ainda poderia tirar o meu foco e me causar ansiedade. Às vezes, olhava para baixo e pensava o quanto havíamos percorrido e quão longe havíamos chegado. A mochila pesada nas costas ajudava a manter-me em equilíbrio. Fomos subindo sem pressa e sem grandes pausas e, depois de horas desde a saída naquela manhã, chegamos ao mirante, mas nada pudemos ver e contemplar como naquele outro dia. A neblina estava na altura dos nossos olhos. A sensação era a de que havíamos chegado ao céu e nós merecíamos cada gota que caía dele porque elas lavavam as dores do corpo e d'alma.

Pausa para descanso, lanche, troca das roupas molhadas, partilhas...

Dali em diante seria o último trecho do caminho. Não sei precisar quantos quilômetros, penso que foram umas quatro horas, mas isso não importava. O que havíamos vivido naqueles cinco dias relativizava toda e qualquer distância, ainda que nossos corpos desejassem descanso.

Por escolha, tomei o início da fila. À minha frente apenas o guia, a trilha e a deslumbrante paisagem lavada. Em absoluto silêncio, seguimos para a conquista dos nossos reinos. À medida que caminhava, na verdade eu flutuava enquanto ouvia as batidas do meu coração, fui revivendo tempos antigos. Nele encontrei meus pais e meus irmãos e convidei-os a seguirem atrás de mim. Ao meu lado, de mãos dadas, o meu marido e meus filhos. Nossos corações pulsavam juntos. Lembro-me de cantarolar e de ir catando vento enquanto avançávamos. As minhas lágrimas se misturavam à fina chuva que insistia em cair, mas eram lágrimas de alegria, de contentamento e de gratidão. Compreendi, uma vez mais, que estávamos todos ligados e que nem a morte é capaz de nos separar. Todos estavam comigo naquela peregrinação, naquela caminhada para dentro de mim.

A energia era tão grande que vivi todos os momentos restantes com intensidade, atenção e emoção e hora nenhuma senti medo e arrependimento por nenhuma coisa que fosse. Estava tudo certo do jeito que estava. A natureza é escola e eu estava ali aprendendo com ela.

O último trecho, mais uma descida íngreme de pedras escorregadias, foi relativamente fácil diante dos desafios que havíamos vivido até ali. Saboreei cada pisada, cada dor nas pernas, senti o peso da mochila, o ardor dos músculos. Tudo aquilo fazia parte do processo e eu estava vivendo um propósito que escolhi viver. Sutilmente, um portal se fechava e outro se abria e me enchia de paz e calma interior.

Estávamos de volta, todos bem, muito cansados, mas felizes. Juntos, de mãos dadas, em círculo e em oração, celebramos a conquista dos nossos próprios reinos, cada um a seu modo, no seu tempo, na medida da sua própria permissão e compreensão.

O importante é que tínhamos sonhado aquele sonho sozinhos, mas o havíamos realizado juntos e isso nos fez irmãos; irmãos ligados pelas partilhas e pela gratidão.

Mas e a Coroa do Reino?

Ahhh, essa você só saberá como é se tiver coragem para ir lá conquistá-la, porque essa é uma conquista pessoal e intransferível, que diz respeito ao seu próprio coração. A minha Coroa, conquistada com coragem, fé, resiliência, entrega e perseverança, repousa em lugar de honra na minha casa, em lugar sagrado, e todas as manhãs ela me lembra que eu devo e mereço seguir porque estrada eu sou.

Aho[5]

Uberlândia, 12 de dezembro de 2022.

Eu fui fazendo o caminho e o caminho foi me fazendo. Ao terminar a peregrinação, voltei para casa com uma sensação de que algo em mim havia mudado, mas não sabia identificar o que era. Dediquei minha última semana de férias para descansar fisicamente, para aquietar mente e coração e esperar que a rica experiência se assentasse em mim. Afinal, havia sido uma vivência interna muito sutil. O sentimento era de que algo havia ficado para trás, mas, ainda assim, eu não sabia o que era.

Nessa época eu estava lendo/estudando um livro muito rico e profundo: *Graça e coragem: espiritualidade e cura na vida e morte de Treya Killam Wilber*, do filósofo norte-americano Ken Wilber. Treya, uma mulher extraordinária, foi a esposa de Ken. Ela faleceu em decorrência de um câncer de mama metastático.

Em determinado ponto do livro me deparei com uma explicação do filósofo sobre o "Eu transcendente" ou o "verdadeiro Eu". Ele

---

5   *Aho* é uma palavra originada das tribos nativas norte-americanas. As palavras indígenas têm em seu som o poder do seu significado. Utilizada em rituais xamânicos e por tribos indígenas até os dias de hoje, pronunciar AHO "aho" (*ahow*) é como intencionar "assim seja", "eu concordo". Uma saudação de bênção.

diz que o "verdadeiro Eu" não é uma coisa, mas uma abertura ou vazio transparente, livre de identificação, com objetos ou eventos particulares. A isso, continua Ken, os budistas chamam de "vacuidade" – à medida que constatamos nosso verdadeiro Eu, não vemos nada, simplesmente sentimos uma expansão interior de liberdade, de liberação, de abertura, a qual é uma ausência de limites, ausência de restrições, ausência de objetos.

Essa conceituação fazia todo o sentido para mim porque dialogava com o que eu estava sentindo naqueles dias pós-peregrinação, mas o que li no parágrafo seguinte me arrebatou. Ken Wilber explica sobre a prática de vivenciar o "verdadeiro Eu":

> Essa é uma prática simples, mas árdua, embora se afirme que seus resultados constituem nada menos que a libertação nesta vida, pois o "Eu transcendente" é reconhecido em toda parte como um raio do Divino. Em princípio, seu "Eu transcendente" é da mesma natureza de Deus (mesmo que você queira concebê-lo). **Em última instância, ele é final, definitiva e profundamente, somente Deus olhando através dos seus olhos, escutando com seus ouvidos e falando com sua língua.** (Wilber, 2007, grifo nosso, p. 126)

O que eu havia sentido no alto do Vale do Pati tinha sido exatamente isso: uma abertura, uma liberação, uma expansão, um portal que se abria e me permitia ver com os olhos de Deus. Aquela visão era a manifestação da consciência divina dentro de mim e, ao percebê-la, eu a expandia para todos e todos para mim, em fluxo.

Eu havia atingido um "ponto de mutação". Sim, era esse o sentimento que eu não sabia explicar ainda. Mas, nos dias seguintes, fui elaborando aquilo tudo e descobri algo muito sutil, mas incrivelmente libertador: meu coração havia se regenerado, os tempos mais difíceis haviam passado e eu estava livre para seguir.

Eu transcendia do sobreviver para o viver em plenitude.

PARTE 4

Seguir...

SOBRE O QUE RESTOU DE NÓS QUATRO

Eu despi minh'alma até aqui e contei muito sobre mim e sobre como tenho me cuidado e me curado nesse longo e penoso caminho do luto. Poderia dizer mais, e é justamente por falar muito e por expressar minhas emoções e reflexões que vou seguindo, criando conexões e voltando à inteireza de mim. Mas vou abrir espaço para falar dos homens da minha vida e de como eles me ajudam a seguir trilhando caminhos de muito amor e aprendizado. Como mulher e mãe, trago minhas percepções acerca do sofrimento deles e de que maneira cuidamos, eu e Celso, do nosso casamento e dos nossos filhos.

Celso me surpreendeu positivamente durante o adoecimento de Frederico. Achávamos que eu era a pessoa forte da relação, mas essa crença ruiu, felizmente!

No princípio, mesmo assustado, manteve-se relativamente calmo, mas no decorrer do primeiro mês ele foi se indignando com a piora de Fefê, ainda que os médicos da UTI e, pelo menos, uns cinco neurologistas demonstrassem capacidade e empenho em tratá-lo. Celso questionava-os de que a sedação, a traqueostomia, os diversos medicamentos e exames eram para a melhora de nosso filho, mas, ao contrário, ele só piorava.

Passada a fase de indignação e de certa revolta, veio a aceitação. Aceitação de que o tratamento seria demorado; de que Fefê e nós estávamos muito bem assistidos; de que o tempo naquela UTI e, posteriormente, fora dela, mas ainda no hospital e, depois, em casa com todas as possíveis sequelas, era um fato a encarar. De que forma passaríamos pelo pior momento de nossas vidas? Sofrendo bem, dizia ele!

Quando ele desmoronava, eu o reerguia. Quando eu sucumbia, ele me sustentava. Assim fomos seguindo aqueles dias longos e iguais: a mesma rotina diária, as mesmas angústias ao deitar, ao levantar, ao chegar ao hospital e ver que Fefê não melhorava. Fora de lá, outro desafio: amparar e sustentar Gui e Rique.

Celso foi se fortalecendo e, por consequência, a mim. Nós dois é quem revezávamos nas visitas estendidas de Fefê. Não queríamos Gui e Rique vivendo a rotina de uma UTI, pois aquela missão era nossa, de mais ninguém. Pedimos a eles que seguissem, minimamente, suas vidas. As namoradas, os amigos e a família ajudavam-nos a cuidar deles enquanto estávamos na UTI.

Ele dizia não compreender aquilo tudo que acometia Fefê, mas que, se Deus lhe pedisse que apontasse outro jovem para, hipoteticamente, transferir-lhe a doença e as possíveis sequelas, ele não aceitaria. Quando, indignadas, as pessoas lhe diziam algo como "por que com Frederico, um jovem tão bom e belo?", Celso respondia: "por que não com ele?!". Essa atitude é nobre e demonstra aceitação de fatos inevitáveis da vida. Os estoicos devem se orgulhar de Celso. Eu muito mais.

Todos sofríamos muito, mas fomos nos cuidando e nos fortalecendo. Quanto mais dor sentíamos ao ver nosso menino piorando, mais nos agarrávamos uns aos outros. Fomos aprendendo a ser rochas.

Ele sabia, também, como acolher os incontáveis amigos e familiares que iam nos levar um abraço e uma palavra de conforto. Só não suportava e continua por não suportar palavras vazias, abraços frouxos e problemas miúdos.

Sobre o que é, de fato, um problema, Celso dá aula. No dia do lançamento de *Cata-vento* ele teve seu momento de fala. Contou aos presentes como foi viver os cento e doze dias de internação de Fefê, o que viu, sentiu e aprendeu. Também, como é viver o luto pela morte de um filho. Assim, palestrou acerca de seu entendimento sobre problemas.

Disse que problema é aquilo que não tem solução, o resto são intercorrências momentâneas, passíveis de solução em algum momento da vida. Antes de protestar e achar que vocês têm problemas, olhem para os lados, ampliem seus olhares, escutas e corações para, depois, reclamar, finalizou ele. Passados cinco anos daquele memorável dia, a fala de Celso continua a reverberar naqueles que lá estiveram, relatam-nos até hoje.

Reclamar e esbravejar contra a vida, inclusive, não foi uma opção dele, tampouco de nossa família. Escolhemos o caminho da aceitação e da ajuda mútua. Se há alguém que mais sabe o que sinto enquanto mãe que chora a morte do filho é ele, e vice-versa. Aprendemos, juntos, a caminhar na dor de ver morrer nosso filho e, por consequência, o futuro dele, os sonhos dele, os nossos próprios. Compreendemos, também, que Guilherme e Henrique já estavam sofrendo demais pela despedida do irmão e que não mereciam perder o pai e a mãe para a depressão.

Estamos casados desde 1988 e sempre buscamos manter a cumplicidade. Acredito ser esse o segredo, além do amor, para uma união tão forte e duradoura. Enfrentamos muitos desafios durante essa longa caminhada, mas nada comparado ao adoecimento e à partida precoce de Fefê. Esse, inclusive, é um imenso desafio em grande parte dos relacionamentos: manter a conexão do casal que se despede de um filho.

É comum, mesmo se amando, não conseguirem se olhar nos olhos, não compreenderem as próprias limitações em lidar com o vazio, com a tristeza, com os braços e casa vazios, com dias intermináveis e sem cor. Não suportam olhar para si mesmos. Olhar para o outro, então, é olhar duas vezes para a tristeza. A relação sucumbe enquanto deveria se fortalecer. Mais um luto para se viver. Uma lástima!

Celso e eu nos fortalecemos na partilha honesta e no respeito à dor e ao tempo de cada um de nós. Aprendemos, na falta e no luto, a sustentar o nosso amor, o nosso casamento e os nossos filhos. Salvamos todos nós.

Guilherme foi uma criança muito tranquila, criativa e amorosa. Nosso artista predileto.

Cresceu muito apegado aos irmãos. Ele e Fefê não se desgrudavam, brincávamos que eles eram irmãos siameses. A diferença de idade entre ele e Fefê era de nove anos. Gui o protegia e sentia-se meio que pai de Fefê. Certa vez, estando mais velhos, precisei lembrá-lo de que não era o pai de Fê, apenas o irmão mais velho. Que não fosse chato, exigente e rigoroso com o irmão, que simplesmente se curtissem. Eles se amaram intensamente por dezoito anos.

Frederico vivia deitado ou sentado no colo de Gui. Noutras vezes, era no colo de Rique. Mesmo depois de crescidos, pareciam três moleques. Fefê "perdeu" o colo dos irmãos quando estes começaram a namorar e, diante delas, exigiam postura do irmão que, naquele tempo, já tinha uns quinze anos. Mas Fefê continuava o mesmo moleque de sempre: zoava os irmãos chamando-os de "maninhos", mandava beijinhos ou roubava-os para deixá-los constrangidos diante das namoradas.

Fefê era a alegria em pessoa, mas uma vez ele se entristeceu muito. Foi em 2013, quando Guilherme foi estudar, por um ano, em Portugal. Fê, com treze anos, começou a sofrer dias antes, mas não queria demonstrar sua tristeza. Na noite da véspera, eles se despediram. Não sei quem chorou mais, quem sofreu mais. Se eles ou eu, que, assistindo, pude ver quanto amor existia entre ambos e o quanto aquela separação temporária doeria neles.

Na madrugada, eu e Celso levamos Gui ao aeroporto. Confesso que voltei para casa com uma sensação muito estranha: parecia voltar de um enterro. Eu não sabia, de fato, o que era me despedir de um filho. Seria aquela sensação algo que já morava em mim?

Ao chegar em casa encontrei Fefê chorando; não conseguiu ir para a escola naquele dia. Não quis almoçar também. Vendo tanta tristeza naquele rosto tão lindo, chamei-o para se deitar no meu colo. Deixei-o chorar bastante. Depois, pedi que se levantasse e olhasse para mim.

Era setembro de 2013 e fazia dez meses que mamãe havia partido para outra viagem. Com a voz embargada e o coração sangrando, disse-lhe que eu jamais veria minha mãe de novo, mas que com Gui seria diferente, em um ano ele estaria de volta. Que nos alegrássemos com a coragem dele em deixar a família para conquistar seus sonhos, que demonstrássemos verdadeira alegria para apoiá-lo a viver tão longe de nós. Quando mencionei a minha saudade sem medida e sem solução, Fefê mudou a fisionomia, enxugou suas lágrimas, me abraçou e disse sentir muita saudade da vovó também. Sorriu um sorriso triste, mas arrumou-se e foi para a loja do pai. Alegrou-se e dali em diante passou a zoar o Gui via internet. Ríamos muito das palhaçadas virtuais deles. A conexão entre eles nunca caiu mesmo estando tão distantes fisicamente.

Henrique soube cuidar de Fefê naquele tempo de saudades. Tornaram-se ainda mais unidos. Mal sabíamos que aquela saudade era pouca em relação à saudade que hoje sentimos.

Guilherme retornou em julho de 2014 e nossas vidas pareciam perfeitas até julho de 2018, quando Fefê adoeceu e, quatro meses depois, morreu. Que ironia! O sentimento que havia experimentado ao voltar do aeroporto naquela madrugada de 2013 tornara-se visceral.

Conversando com Gui tempos atrás sobre como foi para ele viver o adoecimento, a morte e esses tempos de luto, ele disse-me que não imaginava que Fefê morreria e que só tomou consciência desse fato quando, ao chegarmos juntos na UTI na madrugada do dia 5 de novembro, o médico nos chamou na salinha anexa para dizer da gravidade do quadro do nosso menino. A verdade é que aquele momento foi o mais difícil não apenas para Gui, como ele me relatou, mas para todos nós.

Lívia, que na época era a namorada dele, hoje a esposa, foi fundamental naquele tempo de adoecimento, morte e luto. Ela e a família dela cuidavam de Gui para nós. Ele é um pouco mais calado, um tanto reservado, mas nunca se recusou a tocar no assunto. Ao contrário, fala sempre do irmão, relembra histórias, ri, me manda fotos antigas que vai redescobrindo em sua galeria. Ele e Lívia são fotógrafos profissionais e captaram imagens de Fefê que, hoje, aquecem nossos corações e nos ajudam a matar um pouco a saudade.

Guilherme, em sua sensibilidade artística e humana, conseguia enxergar Fefê além de uma lente ou de um olhar. Ele amou o irmão mais que a ele próprio. Eu e Celso o ajudamos a olhar para a imensa dor, mas, principalmente, para o tempo de amor. Pedimos que cultivasse não a tristeza e a revolta, mas a gratidão pelo privilégio de tê-lo tido em nossas vidas. Assim ele fez, assim segue.

Henrique do mesmo modo. Mas Rique demonstrou sua dor de forma mais visceral. Natural, cada um de nós tem sua maneira de vivenciá-la.

Rique tinha cinco anos quando começou a pedir um irmão. Durante alguns meses ele só falava nisso, chegava a me irritar, às vezes. Percebendo que eu estava irredutível, parou de pedir. Passados poucos meses e sem que eu e Celso planejássemos, engravidei de Fefê.

Lembro-me com muita clareza o dia que contamos a Rique e Gui a novidade. Celso os buscou na escola e disse que mamãe tinha uma novidade muito boa para compartilhar. Quando dei a notícia eles se alegraram e Rique disse: "bem que papai falou que a notícia era muito boa mesmo", e completou "será uma menina!". Rimos muito dele. Mesmo quando, meses depois, a ultrassonografia trouxe a notícia de que era um menino, Rique afirmava que havia dois bebês na barriga da mamãe e que um deles era uma menina. Depois, entendeu que a barrigona trazia um menino grande, bonito e saudável.

Ele amou aquele bebê com tanta intensidade desde que recebeu a notícia. Durante toda a gravidez eu mal conseguia me mover porque ele vivia dependurado na minha barriga. Beijava-a o tempo todo e conversava com Fefê.

Será que Rique, mesmo tão criança, sentia que precisaria amar o irmão o máximo possível?

E ele amou. E cuidou. Fizessem o que quisessem com ele próprio, mas que não tocassem em Fefê. Rique virava bicho quando alguma criança brigava com o irmão. Posteriormente, na adolescência, também. O amor e o cuidado que os três nutriam entre si era algo bonito de ver, jamais brigaram. Eu e Celso havíamos conseguido criar filhos e homens de bem.

Quando Fefê adoeceu, Rique quase adoeceu também. Nos dias que antecederam a internação, ele não se desgrudava do irmão. Ajudava-o no banho com receio dele convulsionar, cair e se machucar. Mesmo estando profundamente abalados, se divertiam e riam sob o chuveiro. Por dentro, Rique chorava, eu sei.

Como já contei, Fefê precisou ser internado diretamente na UTI e, logo depois, foi sedado. Rique demonstrava certa revolta em ver o irmão piorando. Não suportava vê-lo naquele leito, não suportava vê-lo tão vulnerável. Os dias e meses se arrastavam e vez ou outra ele se enchia de coragem para visitar o irmão. Voltava pior do que ia. Decidimos que seria melhor não ir mais e que não sentisse culpa por isso. Todos sabíamos de seu amor por Fefê e, justamente por isso, não havia necessidade de provar nada a ninguém, menos ainda a nós.

Henrique é muito gentil, querido e vive rodeado de muitos amigos, e foram eles que nos ajudaram a cuidar dele. Pedi que tentasse seguir a rotina, que se distraísse com a namorada e os muitos amigos, que viajasse, que seguisse. Se ele e Gui estivessem razoavelmente bem, também assim nos sentiríamos para poder cuidar de Fefê.

Foi doloroso demais ver o sofrimento deles ao recebermos a notícia da morte do Fê. Ninguém esperava, ninguém acreditava, nos agarramos. Gui chorava calado e copiosamente, Rique urrava e esmurrava a parede. Eu e Celso esquecemos de nós para abraçá-los na tentativa de acalmá-los. A despedida última foi dilacerante. As nossas vidas jamais seriam as mesmas sem o nosso professor de alegria.

Mas todo bom professor nos deixa grandes lições. A alegria e a urgência de viver, o bom humor, a leveza e o amor que transbordavam em Frederico nos fez compreender que o tempo dele tinha sido aquele, mas que o nosso continuava e que precisávamos honrá-lo vivendo bem a nossa dor para seguir. Gosto de pensar o substantivo luto como um verbo, uma ação: lutar para se reerguer e seguir.

Rique aprendeu a seguir e, justamente enquanto finalizo esta escrita, ele se prepara para se mudar – não daqui de casa, pois isto ele já fez há mais de ano –, mas de país. Ele está indo para Portugal. Diferentemente de Gui, que foi viver experiências de estudo por um ano, Rique está indo para trabalhar por tempo indeterminado. Era seu sonho desde que viu o irmão mais velho vivenciando tão rica experiência.

Quando recebeu a proposta de trabalho e mudança, veio conversar comigo e com Celso. Queria saber de nós se o apoiávamos, se não seria duro demais ter outro filho distante. Henrique é muito amoroso, apegado à família e preocupa-se por demais conosco. Disse-lhe que, depois que se despede em definitivo de um filho, a vida precisa ser colocada em perspectiva. A qualquer momento poderemos nos falar por telefone, por chamada de vídeo. Há voos para Portugal todos os dias. Se a saudade ou a necessidade chamar, largamos tudo e vamos vê-lo, mas com Frederico é diferente. Não há chamadas de vídeo, não há voos, não há o que se fazer.

Assim, com o coração tranquilo e em paz por sabermos que ele é um jovem responsável e de virtudes, demos a ele a nossa permissão e bênção para que faça suas escolhas e busque seus sonhos. Para que seja livre para voar e, querendo ou precisando, para voltar.

Lembrei-o, por último, que onde ele estiver, lá estará seu anjo guerreiro e protetor tatuado em seu braço – uma homenagem que Rique fez ao irmão imediatamente após sua morte. Fefê vive nele e viverá com ele em qualquer parte deste mundo.

E, creio, além...

SOBRE COMO LIDAR COM UMA PESSOA ENLUTADA

"Ando devagar porque já tive pressa e levo esse sorriso porque já chorei demais. Hoje me sinto mais forte mais feliz, quem sabe, só levo a certeza de que muito pouco eu sei ou nada sei."

(Almir Sater)

Muito pouco eu sei e talvez nunca saiba o propósito de tudo pelo que passamos, mas nessa caminhada de muita dor há, também, muito aprendizado. E das coisas que mais aprendi foi saber acolher e deixar-me ser acolhida.

Acredito que ninguém, em sã consciência, saia de casa para visitar alguém que acabou de perder outro alguém para magoá-lo. Todos temos intenções positivas, mas isso não é suficiente. Há que se ter cuidado, compaixão e delicadeza no trato com a pessoa enlutada. Ela já está sofrendo muito e, obviamente, não precisa de mais sofrimento.

Assim, tomo a liberdade de, por experiência própria, deixar-lhe algumas "sugestões" que julgo imprescindíveis. Se fizerem sentido para você, ótimo. Se não fizerem, mesmo assim sugiro que reflita sobre elas. Ainda mais se você é daquelas pessoas que não conseguem olhar nos olhos de alguém que acabou de perder um ser que amava profundamente. Não te julgo, isso é compreensível, porque lidar com a dor e a vulnerabilidade não é tarefa das mais fáceis. É preciso ter coragem e muito respeito!

Se não souber o que dizer, não diga nada. O silêncio contido em um abraço apertado diz muito mais que mil palavras. Aquele abraço que demonstre ao enlutado que ele tem um porto seguro, um ombro para chorar e deixar transbordar a sua dor. Chore junto, isso não é fraqueza, é empatia, é amor líquido vertendo de todo o seu ser para dizer, sem palavras, que você sente muito e que está ali para aquela pessoa. Para mim, particularmente, o abraço é a única coisa que verdadeiramente nos conforta e nos salva. São dois corações pulsando juntos na dor e no amor.

Um bolo quentinho, de preferência preparado por você, também será um afago para o enlutado e, possivelmente, despertará nele a vontade de comer, ainda que por educação. Dra. Ana Cláudia diz algo que considero bastante didático: as mãos em ação são, em muitos casos, melhores que as mão em prece. Alguém que vive alguma limitação física ou emocional decorrente de uma doença ou luto não sente vontade, ânimo, não tem forças para nenhuma atividade doméstica, por exemplo. Assim, as mãos que lavam uma louça, as roupas, que limpam a casa ou que fazem compras no mercado são mais úteis que as mãos em prece. Aliás, é possível elevar-se em prece enquanto se realizam tais trabalhos.

Mesmo que você tenha perdido o seu pai, a sua mãe, o seu filho, o seu irmão, como eu, não diga "eu sei como você se sente ou eu sinto a sua dor". Você pode até saber o que seja isso se já viveu na carne tal experiência, mas você não sabe realmente o que se passa no íntimo de cada pessoa. Todo luto é único. A forma de conduzi-lo, também.

O próprio Frankl (2019, p. 102) nos ensina que "nenhum ser humano e nenhum destino podem ser comparados com outros; nenhuma situação se repete. E em cada situação a pessoa é chamada a assumir outra atitude". A atitude que ela consegue ter naquela determinada ocasião com os elementos que lhe são possíveis, não a atitude que se deseja que ela tenha.

Jamais diga a um enlutado que ele precisa ser forte. Não há um "botão" que ele possa "ligar" quando quiser ter força. Ser forte leva tempo e não é de força que ele precisará, mas de amor e acolhimento. Valide a dor dele, seja coerente, ele está prestes a enterrar alguém ou acabou de fazê-lo.

Eu não evito o transbordamento das minhas emoções independentemente da hora ou do lugar em que elas surjam. Com o passar dos anos, no entanto, vamos aprendendo a lidar melhor com elas e o fato de não chorar com tanta frequência não significa não sofrer mais. A dor continua, o sofrimento é administrado, a saudade aumenta, as datas comemorativas são carregadas de angústia, mas as pessoas, de modo geral, teimam em achar que devemos superar, e, de preferência, logo. Superar, inclusive, não é palavra adequada para se dizer a alguém enlutado; a uma mãe que perdeu seu filho ou ao filho que perdeu sua mãe. A ausência jamais será superada, ela já é parte da nossa essência.

Não diga a essa pessoa que o tempo cura tudo. O que cura não é o tempo. Tem pessoas que nunca se curam, tentam se recuperar e se reerguer dos "débeis filamentos". A cura vem por meio da aceitação do ocorrido, da retomada da rotina e da busca de sentido para a vida e não do tempo. Lembre-se, a dor só passa quando passamos por ela e para cada um há um tempo de passagem. Respeite o tempo dessa pessoa, ainda que você "ache" que está demorando demais. Cada um de nós lida com suas feridas à sua maneira, no seu próprio tempo.

Dizer a ela que aquele que morreu não gostaria de vê-la assim não ajuda. Todos sabemos disso, mas é algo que não depende de nós ou que possamos controlar. A dor precisa ser sentida e vivida sob pena de, no futuro, se tornar patológica.

"Você tem de ficar bem para seu marido/mulher ou para seu filho/filha ou para seu pai/mãe que ficou." Não! Nós temos de ficar bem por nós mesmos e, por consequência, ao cuidarmos de nós, conseguiremos cuidar do outro.

"Tente se distrair." Como!? Eu acabei de perder o meu filho/marido/pai/mãe, você compreende a dimensão disso? O enlutado não quer se distrair, ele quer reviver tudo aquilo que é possível como forma de manter aquele ser presente. Ele está envolvido em tanta dor, em tanta saudade, em tantas lembranças! De modo geral, as pessoas não conseguem dar conta da situação e querem que o enlutado dê. Não, ele não dá conta! Ao menos, não por enquanto. Se você quiser realmente ser útil, ouça-o com empatia e paciência, porque ele certamente repetirá as mesmas histórias várias vezes e isso o alivia e o mantém vivo.

Conheço uma mãe cujo filho nasceu com uma síndrome rara, portanto sem grande expectativa de vida. Pois, contrariando tais expectativas, ele viveu por dezoito anos e nesse tempo ela se dedicou integralmente não apenas ao filho, mas a diversas outras crianças e jovens portadores de doenças raras. Ele morreu em 2024. Pouco tempo depois, alguém, na boa intenção, disse que ela deveria seguir e passar a pensar nela. Ela, indignada, respondeu que não o ter mais fisicamente já era doloroso demais, e se não pudesse continuar pensando e falando do filho, poderia morrer também. Ela contou-nos de sua profunda tristeza ao ouvir tal "conselho".

Repito: falar daquele que partiu repetidas vezes é uma forma legítima de mantê-lo vivo. Em muitas ocasiões, o enlutado quer apenas ser ouvido, mas as pessoas teimam em querer dar sua opinião, seu palpite, seu "achismo". Abrir espaço para a escuta ativa em vez de cobrar a evolução do luto dessa pessoa pode ser muito efetivo. Um bom terapeuta ajudará mais nessas horas e, obviamente, no processo de luto como um todo. Ele é o melhor ouvinte, porque não julga.

Quando meu filho morreu, muitas pessoas nos disseram a célebre frase: "ele agora está no colo do Pai" ou "ele está em um lugar melhor". Eu mesma precisei acreditar nisso para suportar a dor. Mas que lugar melhor para um filho, aos olhos de seus pais, que os seus próprios colos, que a sua própria casa?

Ainda que queiramos e possamos acreditar nesse Pai e nesse Lugar Sagrado, por assim dizer, o que queríamos de verdade é que nosso filho não tivesse morrido; queríamos ele vivo e bem, ao nosso lado, na nossa casa, no colo de papai, Gui, Rique e meu, como era costume de Fefê. Meu marido não consegue ouvir essa frase sem se irritar e não acho que estejamos errados ou demonstrando falta de fé, tampouco questionando a crença alheia.

Aliás, a fé é algo muito individual e o valor religioso que alguém considera importante para si não é, necessariamente, o mesmo para o outro. Portanto, dizer a uma pessoa enlutada que ela tenha fé pode ser, em alguma medida, subestimar a sua dor.

Fabrício Carpinejar, em seu livro *Depois é nunca* (2021, p. 58), traz a melhor explicação sobre o que acabo de dizer:

> Depois que se perde um filho, não há nada mais a perder.
> Não há mais nada a temer.
> Não há mais fronteiras, barreiras, dúvidas, vacilações.
> Não há posses ou limitações financeiras.
> Não há vergonha pública nem medo da loucura.
> Não há receio de ser sincero.

Não há adiamentos.
Não há meio-termo ou negociação de prazos.
O pai e a mãe que arcam com tal apoteose de saudade
são bichos feridos, lambendo a cria em sua dor.
Não toleram consolo.
Não aceitam condolências.
Não admitem atenuantes ou sentenças tranquilizadoras
de que "foi para um lugar melhor",
ou que "teve a passagem de um anjo na Terra",
ou que
"é uma questão de tempo para passar o sofrimento".
A morte é uma ofensa pessoal.
Viram ateus do destino.

A propósito, o sofrimento não vai passar. O que acontece é que a dor vai encontrar um lugar dentro de nós e vai se aquietar, podendo ressurgir como chamas de um vulcão ao menor sinal de lembranças, gatilhos e, por consequência, de imensa saudade. Esta sim, com o passar do tempo, transborda.

Entenda: a dor de perder alguém jamais passará e não pode ser minimizada. E não importa a idade desse alguém que se foi, ele poderá nem ter nascido ou ter apenas um dia de vida ou ter cem anos. Quando alguém morre, morrem com ele o seu cheiro, a sua voz, o seu olhar, o seu abraço, o seu futuro, e isso independe da idade que se tinha.

Não censure a duração de nenhuma saudade; ela não é filha da razão, ela é filha do coração. E, sendo filha do coração, só cessará quando ele próprio cessar.

NEM TUDO QUE CHEGA AO FIM ACABA

Chego a este ponto da minha narrativa com a sensação de que muito mais poderia ter sido escrito. Se me conheço bem, ainda será. Outras crônicas, outro livro, quem sabe?! Afinal, quem se encontra na escrita e na literatura faz delas companheiras de viagem.

Em relação a essa grande viagem que é o viver, porém, sinto que até aqui fiz, do possível, o meu melhor. Entendo que o que não fiz foi porque não consegui e não carrego culpas por isso. Sigo meu caminho aprendendo, ensinando quando possível e curando a mim mesma. A ser dito, porém, sempre há. Com frequência, temos oportunidade de dizer a alguém o quanto o amamos, admiramos, que o perdoamos, se for esse o caso, que o enxergamos, enfim, a hora de dizer é sempre agora, porque depois é nunca, fazendo mais uma referência a Carpinejar.

O meu caminhar tem sido de muita paz e muita luz. De paz, porque não perco oportunidades de dizer às pessoas o que sinto, de dar-lhes um abraço amoroso, de ouvi-las. Os meus maiores amores partiram dessa vida sabendo o quanto eu os amava. Ainda hoje, em minhas orações e meditações, digo-lhes do meu amor e da minha saudade. De luz, porque tenho escancarado as janelas do meu viver para que ela entre. Não quero e não mereço viver na escuridão. Ninguém merece.

Meditar, rezar, recolher-me têm me curado sobremaneira. Permito-me viver momentos de quietude e contemplação. Olho para quem realmente sou, reconheço minhas feiuras e minhas belezas, acolho-as. Mudo aquilo que consigo, aceito com amor aquilo que não sou capaz de mudar. O caminho do autoconhecimento, da autocura e do autoamor está disponível para qualquer um de nós. Ele é cura-dor, garanto-lhe.

Escrever também. Conceber *Cata-vento* possibilitou que eu vivenciasse de forma lúcida e saudável o primeiro ano da morte de Frederico. Isso não quer dizer que foi fácil, não foi! Se não tivesse sido inspirada por aqueles que vivem em mim e além de mim, da mesma forma por Celso, Guilherme, Lívia e Henrique que apoiam minhas sanidades e loucuras, pela família e amigos que me acolhem, não teria conseguido. Não sou nada sem a minha espiritualidade, sem apoio, sem amizade, sem pertencimento, sem amor. Não somos ninguém se não tivermos uns aos outros.

Acolher e ser acolhida me salva. Eu gosto de gente, sempre gostei. A minha disposição e disponibilidade para acolher fazem mais por mim que pelo outro. Engana-se quem acha que está doando tempo de vida ao ajudar alguém. Pelo contrário, quanto mais doamos de nós, mais vida recebemos de volta. É cíclico.

Cantar encanta e ajuda a curar os males da vida. Sem música, a vida seria a morte – trocadilho feito pela dra. Ana Cláudia com a frase do filósofo Nietzsche citada anteriormente. Pode-se morrer de várias formas: por uma doença, por um acidente, por suicídio... também quando nos abandonamos e perdemos o sentido do viver. A dor é condição da existência humana, ensinam-nos os estoicos, mas a forma como decidimos sofrer depende de cada um, à sua maneira, no seu próprio tempo.

Com Gonzaguinha aprendi que "somos nós que fazemos a vida, como der, ou puder, ou quiser". Eu escolhi sofrer bem, escolhi, dentre outras coisas, "cantar, e cantar, e cantar a beleza de ser um eterno aprendiz".

Como uma eterna aprendiz, decidi peregrinar por cinco longos dias, de sol a sol e de chuva a chuva na distante e bela Chapada Diamantina. Eu não sabia o que me esperava, mas esperava encontrar alguma cura em meio à mãe natureza. Encontrei! Também pessoas, situações, paisagens e águas que lavaram e levaram a angústia daqueles últimos quatro anos. Voltei melhor, mais leve e mais curada.

Um amigo de Celso disse-lhe, logo após a morte de Fefê, que éramos, eu e Celso, como queijos. No princípio, queijos frescos que dessoram (choram). Com o passar dos dias (anos), endurecemos. Nunca deixaremos de ser queijos, mas, com o passar dos tempos, seremos queijos curados (mais secos, mais firmes, com cascas amareladas e de sabor levemente ácido).

Analogia perfeita para quem é mineiro. Sou filha das Minas Gerais e carrego muito orgulho disso. Do mesmo modo, como uma boa mineira, tenho fé na vida e sigo buscando novas rotas de cura, mas não quero ser dura e ácida.

Nessa constante busca por voltar à inteireza de mim, eu e Juliana, minha mais irmã que cunhada, já marcamos nossa próxima peregrinação. Dessa vez pelas deslumbrantes paisagens e silêncios da Serra da Canastra, em Minas Gerais, na XXIV Marcha Franciscana pela Vida 2024 – Vislumbrando Caminhos.

Estrada eu sou!

Por fim, e tão rico quanto todos os caminhos que venho percorrendo, estudar filosofia em meio à vivência do luto pela morte do meu filho me ajudou a refletir sobre questões fundamentais sobre o viver e o morrer. Ela jogou luz sobre mim, sobre como é sobreviver à dor inevitável e continuar vivendo.

A questão filosófica a se refletir não é por quanto tempo vivemos, mas com que grau de nobreza. Viver diz respeito à profundidade, não à duração. Aliás, a filosofia propõe-se justamente a isso: instigar-nos a fazer uma reflexão crítica e profunda sobre nós mesmos e sobre o mundo, a fim de que possamos viver, de fato, uma vida com significado e valor. Os pensamentos filosóficos vão aos níveis mais íntimos da condição humana, como o significado da liberdade, da vida, da morte, do sofrimento, da felicidade, dentre vários outros.

Ela lida com questões e não com respostas. E foi a partir de questões sobre a finitude da vida e do tabu que envolve esse tema, sobre enfrentar o sofrimento diante da morte ou de uma situação sem saída, sobre viver a dor e sobreviver ao luto pela morte de alguém que se ama, sobre a possibilidade de encontrar sentido de vida diante das adversidades e da finitude, entre tantas outras questões, que minhas reflexões se deram. As várias perguntas me levaram a muitas pesquisas e a algumas constatações e reflexões filosóficas:

- » o medo da morte é universal, não estamos sozinhos em nossas angústias, pois, mesmo vivendo em épocas distintas, morando em lugares diferentes e com vivências individuais, compartilhamos das mesmas dores e medos, da mesma vulnerabilidade e dos mesmos sentimentos que permeiam a existência humana, dentre eles o maior – a finitude;
- » apesar de a concretude da morte nos destruir, o conceito da morte nos salva, pois, uma vez conscientes da própria finitude, perdemos o medo de viver. Essa consciência nos faz pensar com mais responsabilidade a questão do sentido da existência;
- » a vida tem um sentido sempre e em quaisquer circunstâncias, mesmo nas mais miseráveis;
- » não há um jeito certo de vivenciar o luto; o processo é individual. É imperioso não se fechar no sofrimento, mas acolher e respeitar o que se sente para, assim, poder construir uma jornada com sentido e valor, apesar da dor;
- » buscar um sentido para a existência diz respeito à nossa capacidade de enfrentar os reveses do destino com altivez, ultrapassá-los, ir além, autotranscender;
- » o sofrimento é marca da humanidade, mas a atitude de como lidar e passar por ele é sim da nossa inteira responsabilidade. Sofrer bem ou sofrer mal é uma escolha individual.

A reflexão filosófica conduz-nos à busca das razões, do sentido, da finalidade de tudo o que nos cerca. Pensar e questionar-nos sobre a vida e, consequentemente, sobre a morte, é colocar-nos especialmente como o objeto de investigação, não apenas como o investigador. O exercício filosófico de pensar sobre si e, por conseguinte, de almejar viver com consciência, profundidade e valor, nos faz enxergar além do que está posto, do óbvio.

Em contrapartida, quando nos colocamos em posição de enraizamento, a "raiz" nos limita, podendo provocar dores de várias naturezas. Vivemos, assim, numa situação de rigidez. Mas, ao rompermos a barreira dessa rigidez e nos dispormos à abertura, à aceitação, ao enfrentamento do que é, do conhecimento concernente a tudo que está para além do senso comum, ultrapassamos os limites do mal-estar, do desconforto, da depressão constante. Dessa forma, impulsionando-nos à busca permanente de novos significados e sentidos, podemos alcançar a transcendência e, assim, também e por consequência, sobrepujar o medo da morte e do morrer, permitindo-nos buscar (e encontrar) sentido diante da morte – da nossa própria ou da de alguém que amamos profundamente.

Estudar, refletir e abrir-me para novos saberes e entendimentos durante o processo de luto do meu filho levou-me para lugares internos que me possibilitaram enxergar além da dor que sentia à época. Hoje, continuo sentindo, porém com mais consciência da necessidade permanente de abertura para novos caminhos, para novas rotas de cura. Se antes eu sobrevivia, hoje eu vivo.

Aconteceu-me de me sentir desconfortável e até mesmo culpada quando meu filho morreu. A suposta ordem natural havia sido quebrada. Parecia que eu não tinha direito de permanecer viva, de continuar respirando e ele não. Óbvio que não há culpa nisso, mas os sentimentos vêm sem que se queira, é natural do luto, e, a depender de nossa saúde emocional, eles podem fazer morada e, muitas vezes, estragos.

Amor incondicional não é morrer no lugar do filho, é seguir vivendo com ele morto, segundo Carpinejar. Se me fosse permitida uma escolha, eu daria a minha vida a ele, mas ela, a vida, não funciona assim. O fato é que este mundo se tornou estreito demais para Fefê e ele precisou partir antes. Para nós que ficamos, o mundo tornou-se largo e vazio em demasia. Passamos a viver num universo paralelo porque aquele universo onde ele habitava deixou de existir. Tornou-se história guardada em nossas mentes e corações. Afinal, nem tudo que chega ao fim acaba.

Quero e preciso acreditar que ele vive melhor onde quer que esteja. Nós, que aqui permanecemos, é que precisamos renascer das cinzas, redescobrir quem somos, suportar o desaparecimento definitivo dos que partiram, cuidar das tristezas, das saudades e encontrar um sentido para continuar vivendo. Aprendi, nesse tempo, a pedir à parte boa que me ajude a dar conta da parte ruim.

Apego-me ao curto porém inspirador legado de Frederico, o nosso professor particular de alegria, emoção e amor, e ensino isso ao Guilherme e ao Henrique. Peço sempre a eles que honrem a vida do irmão vivendo bem por si mesmos e por ele. A morte dele não dependeu de nós, mas continuar vivendo integralmente, sim. Eles merecem! Todos nós merecemos dizer SIM À VIDA!

Que o meu caminhar continue sendo de muita luz e cura.

Se possível, de inspiração.

4 DE OUTUBRO DE 2024: FELIZ ANIVERSÁRIO, FREDERICO!

"Sinto a minha dor insular na manhã
que se estende em todo o céu,
sobre todo o mundo.
A manhã que desejaste…
chegou sem ti."

(J. L. Peixoto)

Fefê

O dia do seu aniversário chegou uma vez mais sem você, mas esse será sempre o seu dia.

Há anos que você não completa mais idade nova, exceto nos corações aqui de casa que teimam e precisam celebrar o seu dia de nascimento. Mas você jamais envelhecerá, terá sempre dezoito anos, não mais.

O dia amanheceu triste. Eu mais ainda.

Fui ver você guardado e protegido no pequeno altar que construí para nós aqui na sala de casa. Acendi uma vela para celebrar o seu dia de nascimento e para me lembrar de que você merece VIVER NA LUZ. Cantei um mantra para você, o meu preferido: *"Que o eterno sol te ilumine, que o amor te rodeie, que a tua luz pura interior, guie o seu caminho"*.

Combinei um almoço em família e preparei algo de que todos aqui gostam muito – as almôndegas da vovó Terezinha. Você também gostava.

Sobrou um lugar à mesa. O seu lugar.

Mas, "na hora de pôr a mesa, seremos sempre cinco, enquanto um de nós estiver vivo, seremos sempre cinco", me lembra José Luís Peixoto.

À tarde, comecei a escrever um pequeno texto em sua homenagem, mas achei que nele não caberia tudo o que tenho para lhe dizer hoje.

Apesar da dor e da saudade que habitam o meu coração e os meus dias, preciso lhe contar, Fefê, que tenho me sentido bem melhor. Aliás, todos nós.

O dia seguinte à sua morte foi um dos mais difíceis. Abri os olhos e dei-me conta de que você não mais existia neste mundo. Eu e papai, quase mortos sobre nossa cama, nos abraçamos e choramos o resto que sobrara de nós e de nossas lágrimas.

O primeiro ano sem você foi, sem dúvida, o pior de todos. O primeiro dia das mães e dos pais sem você, o seu aniversário de dezenove anos, o primeiro aniversário de sua morte, o primeiro Natal, a viagem à Canastra para a passagem de ano sem você...

Tudo, tudo, absolutamente tudo insuportável, mas temos conseguido atravessar esse deserto.

Envolver-me com a escrita de *Cata-vento* foi o que me ajudou a percorrer o primeiro ano sem você. Eu fui renascendo das cinzas e me reinventando. Escrever tem me curado, sabe? Falar de você, da sua vida, da sua morte, dos sentimentos que nos arrebatam também. A maioria das pessoas talvez não entenda o quanto falar disso tudo tem nos salvado, mas eu respeito, é difícil mesmo e nem todos são capazes e têm coragem suficiente para olhar para as dores alheias e para as suas próprias. Cada um vive o que consegue viver, do seu jeito, no seu próprio tempo. Eu respeito e conto com a recíproca. Nós temos, em coragem, luz e amor, vivido o nosso.

Do lançamento do livro até hoje, recebemos muito amor e isso tem nos curado sobremaneira. Ultimamente, o amor é tanto que transborda. Muitas vezes choro, não de tristeza, mas de contentamento por saber-me útil a tantas pessoas que são tocadas pela nossa história, pela minha narrativa. Sinto muita honra e gratidão por tocar e transformar vidas. Isso me alegra, mas não me envaidece.

O *Cata-vento* está girando forte e tem sido levado a muitos lugares: a feiras literárias, clubes de leitura, fóruns de doenças raras e até ao V Congresso dos Estudantes e Profissionais da Saúde de Araguari/MG para falar do papel do cuidador dentro da abordagem dos cuidados paliativos. Seja de forma presencial ou on-line, nós sempre estamos lá, Fefê. Nós e você!

De tudo que me dizem a respeito da nossa história, o que mais me emociona e me faz transbordar é o quanto as pessoas passam a amar você conhecendo-o apenas pelas páginas do livro e por sua fotografia que ilustra a página final de *Cata-vento*. Esse tem sido o meu maior presente: saber que, independentemente de onde você estiver, você continua sendo amado e que não vive apenas nos nossos corações, mas nos corações de centenas de pessoas por este mundo afora.

Certa vez, após um desses potentes encontros para debater o livro e, novamente, receber uma enxurrada de palavras de amor e encorajamento, eu me sentia particularmente bem. Inspiradas nesse encontro, duas amigas escreveram poesias para mim e para você, uma delas intitulada "Menino Cata-vento".

Naquela mesma semana, participei de um recital de canto para alunos e aquilo também tinha me encorajado e me levado a um lugar de amor e calmaria. Havia certo transbordamento que eu não sabia explicar, até que uma prima nossa me disse que no dia anterior havia participado de uma pregação para mulheres e que lá ouviu que mulheres assim como eu são cheias do Espírito Santo e que, por isso, transbordam e derramam.

As palavras dela ressoaram forte em mim, porque traduziram exatamente o que eu estava sentindo – o amor é rio que corre, que alimenta, que ecoa, transborda e, naturalmente, deságua num mar de infinitas possibilidades, inclusive a de suportar viver sem a sua presença física.

Esses entendimentos têm me feito desaguar em lágrimas, mas, sobretudo, em coragem para autotranscender e seguir adiante buscando um sentido de vida.

O que sinto
Sinto grande
O que choro
Molha tudo.

(Felipe Morozini)

Algo curioso e que me faz muito bem é o quanto pessoas jovens têm chegado até mim. Às vezes acho que você próprio tem responsabilidade sobre isso. Talvez a vida queira me dizer que em cada um deles eu possa ver e sentir você vivo. Cuido para não projetar expectativas minhas em nenhum deles, mesmo porque ninguém seria capaz de ocupar o seu lugar, mas gosto de ver suas mãos clarinhas nas mãos de um jovem que toca instrumentos, que canta e me encanta; gosto de certos olhos intensos, ora cheios de riso, ora molhados de mar, que me olham como você me olhava; gosto dos presentes que outro me traz de uma viagem porque se lembrou de mim quando entrou numa igreja e rezou por nós; gosto daqueles que dizem admirar a minha força e coragem; gosto de outros tantos que me abraçam forte como você me abraçava; gosto do sorriso e da beleza de outro que me aplaude porque diz que gosta de me ver cantar. Gosto e amo cada um deles, porque, de certa forma, me lembram que eu também tenho permissão para viver bem e que não preciso viver a sua morte todos os dias, ao menos não de forma dolorosa e triste. Acho que entendo o seu "presente".

A propósito, Fefê, deixo para você um presente de aniversário, uma canção que representa o meu sentir, uma canção que me atravessa, que me engasga, que faz transbordar o amor que sinto e me faz chegar até você e que, de igual maneira, traz você até mim. Foi essa canção que me motivou a fazer aulas de canto, porque queria saber cantá-la para você, hoje.

De onde você estiver, receba-a, receba o nosso amor que é grande demais para caber neste mundo apenas. E daí, da dimensão em que você vive, mande notícias, nós saberemos senti-las.

A Deus,

Te amamos infinito...

Onde estará o meu amor?

Como esta noite findará
E o sol então rebrilhará
Estou pensando em você
Onde estará o meu amor?

Se a voz da noite silenciar
Raio de sol vai me levar
Raio de sol vai lhe trazer
Onde estará o meu amor?

(Chico César)

Subida ao Vale de la Luna, Deserto de Atacama,
janeiro de 2015.
Foto: Celso F. Silva

E morrer é diferente do que
qualquer um supôs.
E mais promissor.
Entrego-me ao solo para
brotar na relva que amo.
Se me quiseres de novo, procura-me
sob as solas de tuas botas.
Mal saberás quem sou ou pretendo.
Mas serei boa saúde para ti.
Não obstante, falhando em reaver-me
no começo, não perde o ânimo.
Errando um local, busca em outro.
Paro em algum lugar
Para te esperar.

(Do filme *Nine Days*)

AGRADECIMENTOS

Ao Sagrado que habita o Todo e que se conecta ao Sagrado que habita em mim.

Ao Celso, meu porto seguro, meu companheiro de viagem.

A Guilherme, Henrique e Frederico, inspirações de vida.

A Lívia e Luíza, minhas noras, partes de nós.

A meus irmãos, metades de mim.

À família, pela longa caminhada e acolhida.

Aos inúmeros amigos que me sustentam e me incentivam a seguir.

Aos professores doutores Luciano Marques de Jesus, da PUCRS, e Paulo Kroeff, da UFRS, pelos ensinamentos de vida e de logoterapia, pelo direcionamento e orientação no meu TCC: "A busca de sentido diante da morte".

À Emília Wolfrum, por me fazer lembrar, sempre, de quem eu sou e por me incentivar a escrever.

Ao Rodrigo Will, meu querido professor de canto, pelas muitas vezes que acolheu meu pranto.

À Ana Holanda, pela leitura crítica e amorosa dessas muitas linhas.

À Ana Michele Soares. A experiência de adoecimento e morte dela ensina mais sobre vida que sobre morte. Ana Mi continua viva em mim e eu continuo a aprender com ela. Enquanto eu respirar, vou me lembrar dela.

À dra. Ana Cláudia Quintana Arantes e à Comunidade Gente Boa, pelos ensinamentos, pelas partilhas de vida e morte, pelo acolhimento gentil e amoroso de todo dia. A minha dor me fez encontrar esses colos, esses abraços e esses corações compassivos, por isso sou uma pessoa melhor.

E a todos que vivem em mim.

BIBLIOGRAFIA PARA QUEM NÃO TEM MEDO DE OLHAR PARA A MORTE, NEM PARA A VIDA

ADICHIE, C. N. *Notas sobre o luto*. São Paulo: Companhia das Letras, 2021.

ALBOM, M. *A última grande lição:* o sentido da vida. Rio de Janeiro: Sextante, 1998.

ARANTES, A. C. Q. *A morte é um dia que vale a pena viver*. Rio de Janeiro: Sextante, 2016.

ARANTES, A. C. Q. *Histórias lindas de morrer*. Rio de Janeiro: Sextante, 2020.

ARANTES, A. C. Q. *Mundo dentro*. Rio de Janeiro: Sextante, 2022.

ARANTES, A. C. Q. *Pra vida toda valer a pena viver*. Rio de Janeiro: Sextante, 2021.

AURÉLIO, M. *Meditações*. São Paulo: Edipro, 2019.

BRAZ, A. *O encontro:* vida, morte, luto, regeneração. Rio de Janeiro: Gryphus, 2023.

CARPINEJAR, F. *Cuide dos pais antes que seja tarde*. 4. ed. Rio de Janeiro: Bertrand Brasil, 2018.

CARPINEJAR, F. *Depois é nunca*. Rio de Janeiro: Bertrand Brasil, 2021.

CORRÊA, J. A. *Morte*. São Paulo: Globo, 2008.

CORRÊA, P. *Tudo o que mãe diz é sagrado*. São Paulo: LeYa, 2013.

DIDION, J. *O ano do pensamento mágico*. Trad. Marina Vargas. Duque de Caxias: Harper Collins Brasil, 2021.

EPICTETO; LEBELL, S. *A arte de viver*: o manual clássico da virtude, felicidade e sabedoria. Trad. Maria Luiza Newlands da Silveira. Rio de Janeiro: Sextante, 2018.

FRANCO, M. H. P. *O luto no século 21*: uma compreensão abrangente do fenômeno. São Paulo: Summus, 2021.

FRANKL, V. *A busca de Deus e questionamentos sobre o sentido*. 2. ed. Petrópolis: Vozes, 2014.

FRANKL, V. *A presença ignorada de Deus*. 21. ed. São Leopoldo: Sinodal; Petrópolis: Vozes, 2020.

FRANKL, V. *A vontade de sentido*: fundamentos e aplicações da logoterapia. São Paulo: Paulus, 2011.

FRANKL, V. *Em busca de sentido*: um psicólogo no campo de concentração. 47. ed. São Leopoldo: Sinodal; Petrópolis: Vozes, 2019.

FRANKL, V. *O que não está escrito nos meus livros*: memórias. São Paulo: É Realizações, 2010.

FRANKL, V. *O sofrimento de uma vida sem sentido*: caminhos para encontrar a razão de viver. São Paulo: É Realizações, 2015.

FRANKL, V. *Um sentido para a vida*: psicoterapia e humanismo. 17. ed. Aparecida: Ideias & Letras, 2005.

GIBRAN, K. *O profeta*. São Paulo: Martin Claret, 2004.

HALIFAX, J. *Presente no morrer*: cultivando compaixão e destemor na presença da morte. Trad. Valeria Sattamini. Rio de Janeiro: Gryphus, 2018.

HOLANDA, A. *Como se encontrar na escrita*: o caminho para despertar a escrita afetuosa em você. Rio de Janeiro: Bicicleta Amarela, 2018.

KROEFF, P. *Logoterapia e existência*: a importância do sentido da vida. Porto Alegre: Evangraf, 2014.

KÜBLER-ROSS, E. *Sobre a morte e o morrer*. 10. ed. São Paulo: WMF Martins Fontes, 2020.

LUKAS, E. *Psicologia espiritual:* fontes de uma vida plena de sentido. São Paulo: Paulus, 2002.

LUZ, R. *Luto é outra palavra para falar de amor:* cinco formas de honrar a vida de quem vai e de quem fica após uma perda. São Paulo: Ágora, 2021.

MANNIX, K. *Precisamos falar sobre a morte*. Trad. de Simone Reisner. Rio de Janeiro: Sextante, 2019.

MARQUES, D. *Cata-vento:* minha rota de cura. Uberlândia: Assis Editora, 2019.

O LIVRO da filosofia. Trad. Douglas Kim. São Paulo: Globo Livros, 2016.

PEIXOTO, J. L. *A criança em ruínas*. Porto Alegre: Dublinense, 2017.

PEIXOTO, J. L. *Morreste-me*. Porto Alegre: Dublinense, 2015.

RADICE, R. *Estoicismo*. São Paulo: Ideias & Letras, 2016.

RIMPOCHE, S. *O livro tibetano do viver e do morrer*. 10. ed. São Paulo: Talento, 2007.

SÊNECA. *Edificar-se para a morte:* das cartas morais a Lucílio. Trad. Renata Cezarini de Freitas. Petrópolis: Vozes, 2016.

SOARES, A. M. *Enquanto eu respirar*. Rio de Janeiro: Sextante, 2019.

SOARES, A. M. *Entre a lucidez e a esperança*. Rio de Janeiro: Sextante, 2023.

SOARES, A. M. *Vida inteira*. Rio de Janeiro: Sextante, 2021.

SCHOPENHAUER, A. *As dores do mundo:* o amor, a morte, a arte, a moral, a religião, a política, o homem e a sociedade. São Paulo: Edipro, 2014.

USSHER, P. (ed.). *O estoicismo hoje*: sabedoria antiga para a vida moderna. Babelcub Inc., 2015.

YALOM, I. D. *De frente para o sol:* como enfrentar o medo e superar o terror da morte. Rio de Janeiro: Agir, 2008.

WEIL, P. *A morte da morte:* uma abordagem transpessoal. 2. ed. São Paulo: Gente, 1995.

WILBER, K. *Graça e coragem:* espiritualidade e cura na vida e morte de Treya Killam Wilber. Trad. Ari Raynsford. São Paulo: Gaia, 2007.

FONTE Minion Pro, Aleo
PAPEL Pólen Natural 80 g/m²
IMPRESSÃO Paym